ÉTONNANTiss!mes

ZOLA

Les Coquillages de monsieur Chabre

suivis de

Naïs Micoulin

Présentation et cahier photos par ANNE PRINCEN

Flammarion

Du même auteur
dans la série Étonnantissimes

Comment on se marie

Étonnantissimes, une série
de la collection « Étonnants Classiques »
ISBN : 978-2-0812-7994-0

Au bord de l'eau

M. Chabre est un petit monsieur obèse, tiré à quatre épingles, qui porte des bottes de cuir soigneusement cirées et un gros nœud de cravate, même quand il pêche la crevette. Malgré de confortables revenus, ce marchand a préféré aux stations à la mode de la côte normande le pays perdu de Guérande, au sud de la Bretagne. Le bonhomme est économe et l'objectif du voyage thérapeutique : désespérant de ses facultés de géniteur, les médecins de Paris lui ont prescrit un séjour à la mer et un régime de crustacés, pour requinquer sa fertilité. Tant pis si les divertissements sont rares et nulles les occasions de mondanité ! Avec une application de curiste, il se bâfre de coquillages, accompagné de sa sémillante et jeune épouse, Estelle, une blonde dont les yeux ont la couleur de l'eau qui dort. La jeune femme trompe l'ennui en se baignant dans l'onde fraîche et transparente de Piriac, le port de pêche où les époux ont pris leur quartier.

Planté sur le quai, un peu las, vaguement inquiet et suffoquant déjà, sous le soleil, dans sa redingote, M. Chabre observe, tel un « insecte noir », les arabesques aquatiques de sa naïade d'épouse. Son mutisme cocasse, sa drôlerie burlesque évoquent les grandes figures du cinéma muet : un Chaplin souffrant d'embonpoint, ou un Hardy pris au piège conjugal et goûtant seul, sans Laurel, ses premières vacances à la mer. Mais ce gaffeur de mari égaré dans une station balnéaire de la côte atlantique annonce aussi la délicieuse étourderie de M. Hulot, le personnage culte du film de Jacques Tati (*Les Vacances de monsieur Hulot*, 1953). Avant le réalisateur, Émile Zola tire parti de la maladresse de son personnage, enchaînant les saynètes comiques où on le voit en découdre avec les éléments marins.

Pour compléter le tableau, l'adultère s'en mêle et voilà que le benêt mari, proche cousin de Charles Bovary, devient cocu. En se promenant à l'ombre des remparts de Guérande, le couple rencontre un fringant jeune homme, Hector, taillé comme un colosse, doux comme une fille, qui nage comme une anguille et escalade les parois de rochers avec la force d'un héros antique. Fournisseur hors pair de coquillages, il entre dans les bonnes grâces du mari, et fait au couple les honneurs de son pays. Qui se ressemble s'assemble ! Pris au piège de la marée montante, et avec la connivence amoureuse de la mer, cet Hercule local et sa sirène parisienne finiront par céder à leur mutuelle attirance. Pendant ce temps, M. Chabre est posté quelques mètres plus haut en surplomb des rochers du Castelli, et mange consciencieusement ses arapèdes.

À mi-chemin entre pantomime et comédie conjugale, « Les Coquillages de monsieur Chabre » déploient une franche et gaillarde bonne humeur, où la sensualité élémentaire le dispute au ridicule bourgeois. Zola épouse ici les thèmes de Flaubert et de Maupassant, l'acidité en moins… Le seul nom de Chabre n'est-il pas un indice de la parenté du personnage avec le pathétique mari d'Emma, Charles Bovary ? Sa face blême, « plate et banale comme un trottoir », à l'instar de la conversation de Charles, ne signe-t-elle pas l'hommage à Flaubert, plus définitivement encore que l'onomastique ?

Mais le charme de la nouvelle ne tient pas seulement à cette touche burlesque. L'évocation des lieux, la poésie marine couplée à la grâce champêtre d'un bourg où les oies et les cochons descendent librement sur la plage prendre leur bain, tels des estivants, sont les gages de sa réussite. L'océan Atlantique campe ici un personnage à part entière, une puissance de vie matérialiste, pleine de malice nietzschéenne, qui accable les hommes faibles comme M. Chabre et réveille les natures sensuelles. Le sel qu'il dépose au gré des marées, dans les salines balayées par le vent et le soleil, donne toute sa saveur à ce récit qui hésite entre le souffle du grand large et la quiétude rurale.

Car à tout bien considérer, ce sont les voluptés caressantes des vagues et leur entêtante odeur de fécondité qui font de notre mangeur d'arapèdes un drôle de cocu. Les lieux et les climats règlent les êtres et leurs comportements. Ce déterminisme est la clé de voûte de l'esthétique naturaliste et, dans ce tableau océanique que gouvernent les éléments et les circonstances, Émile Zola s'exerce à en rendre compte sur le plan littéraire. Il en a l'occasion, fréquemment, depuis qu'il collabore en tant que journaliste à la revue russe *Le Messager de l'Occident*[1]. Chaque mois, ses contributions proposent aux lecteurs curieux des réalités françaises une série de reportages qui tiennent à la fois de la réclame touristique et de l'enquête de terrain. Certaines chroniques sont de facture traditionnelle, d'autres recourent à la fiction pour dramatiser leur propos. « Les Coquillages de monsieur Chabre », initialement intitulés « Bains de mer en France », et « Naïs Micoulin », la seconde nouvelle du présent volume, prennent ainsi prétexte d'une histoire d'adultère ou d'un meurtre pour illustrer, aux quatre coins du pays, la diversité des mœurs et des paysages de la nation.

Vitrines pittoresques du terroir français, ces deux nouvelles, publiées respectivement en 1876 et 1877, diffusent dans tout l'empire slave les embruns du littoral atlantique ou le souffle chaud du mistral. Plus divertissantes qu'un guide géographique, plus riches qu'une panoplie de cartes postales, elles mêlent les couleurs contrastées du roman miniature à l'exotisme documentaire. Toutes les curiosités folkloriques de la Bretagne rurale et maritime s'animent en quelques pages sous les yeux du lecteur de Saint-Pétersbourg : une procession villageoise, le débarquement

1. Revue mensuelle, d'opinion libérale et pro-occidentale, dirigée par Mikhail Stassoulievitch, qui paraît en Russie de 1869 à 1918 et bénéficie d'un vaste public. Zola y collabore régulièrement dans les années 1870.

d'une cargaison de sardines ou le détail d'un costume de paludier. Saint-Nazaire, Le Croisic, Le Pouliguen, Batz-sur-Mer, Piriac... Zola propose à ses lecteurs étrangers un tour complet de la presqu'île guérandaise et n'oublie pas, en bon cicérone [1], de ponctuer son itinéraire d'une pêche aux crevettes, de bains de mer ou de dégustations de coquillages.

Aux antipodes de cette inspiration océanique, la passion de Naïs et de Frédéric s'épanouit dans l'arrière-saison odorante du pays marseillais, sur une terre ocre et rocailleuse, encore vibrante de l'incendie qui lui a chauffé les entrailles tout l'été. Le rude travail de manutention des tuileries provençales, la préparation à la bonne franquette d'une bouillabaisse, ou le relevé des nasses pleines de poissons donnent au texte sa puissante couleur méridionale.

Tel un conservatoire des arts et traditions populaires, la nouvelle expose la richesse d'une province. Mais cette illustration des mœurs et des paysages de France n'aurait qu'une piètre valeur littéraire si elle n'était servie par un sens du drame qui porte déjà en germe toute l'ampleur des *Rougon-Macquart*.

Éloignées sur le plan géographique, les deux nouvelles le sont tout autant par leur inspiration littéraire. Si l'une tient du vaudeville – un vaudeville vivifié par l'air marin –, l'autre évoque le climat électrique des tragédies antiques,

---

1. Guide appointé pour présenter les particularités touristiques d'une ville ou d'un site.

où couve l'âpre chaleur du mythe. D'un côté, la satire souriante d'un couple de commerçants parisiens, une version légère et ensoleillée de l'enfer conjugal. De l'autre, l'idylle passionnée de Naïs et de son falot de Frédéric [1] qui cache mal la *vendetta* patiemment ourdie par la farouche amazone contre son ogre de père. De la farce adultère au fier parricide, de la Bretagne à la Provence, Zola entraîne son lecteur sur des terres et sous des climats délicieusement contrastés.

1. On notera avec intérêt que ce fils de famille velléitaire porte le même prénom que le héros de *L'Éducation sentimentale.* Nouvelle trace de l'influence de Flaubert ? Peut-être…

Les Coquillages de monsieur Chabre

I

Le grand chagrin de M. Chabre était de ne pas avoir d'enfant. Il avait épousé une demoiselle Catinot, de la maison Desvignes et Catinot, la blonde Estelle, grande belle fille de dix-huit ans ; et, depuis quatre ans, il attendait, anxieux, consterné, blessé de l'inutilité de ses efforts.

M. Chabre était un ancien marchand de grains retiré. Il avait une belle fortune. Bien qu'il eût mené la vie chaste d'un bourgeois enfoncé dans l'idée fixe de devenir millionnaire, il traînait à quarante-cinq ans des jambes alourdies de vieillard. Sa face blême, usée par les soucis de l'argent, était plate et banale comme un trottoir. Et il se désespérait, car un homme qui a gagné cinquante mille francs de rentes a certes le droit de s'étonner qu'il soit plus difficile d'être père que d'être riche.

La belle Mme Chabre avait alors vingt-deux ans. Elle était adorable avec son teint de pêche mûre, ses cheveux couleur de soleil, envolés sur sa nuque. Ses yeux d'un bleu vert semblaient une eau dormante, sous laquelle il était malaisé de lire. Quand son mari se plaignait de la stérilité de leur union, elle redressait sa taille souple, elle développait l'ampleur de ses hanches et de sa gorge ; et le sourire qui pinçait le coin de ses lèvres disait clairement : « Est-ce ma faute ? » D'ailleurs, dans le cercle de ses relations, Mme Chabre était regardée comme une personne d'une éducation parfaite, incapable de faire causer d'elle, suffisamment dévote[1], nourrie enfin dans les bonnes traditions bourgeoises par une mère rigide. Seules, les ailes fines de son petit nez blanc avaient parfois des battements nerveux, qui auraient inquiété un autre mari qu'un ancien marchand de grains.

Cependant, le médecin de la famille, le docteur Guiraud, gros homme fin et souriant, avait eu déjà plusieurs conversations particulières avec M. Chabre. Il lui expliquait combien la science est encore en retard. Mon Dieu ! non, on ne plantait pas un enfant comme un chêne. Pourtant, ne voulant désespérer personne, il lui avait promis de songer à son cas. Et, un matin de juillet, il vint lui dire :

« Vous devriez partir pour les bains de mer, cher Monsieur… Oui, c'est excellent. Et surtout mangez beaucoup de coquillages, ne mangez que des coquillages. »

M. Chabre, repris d'espérance, demanda vivement :

« Des coquillages, docteur ?… Vous croyez que des coquillages… ?

---

1. Croyante.

— Parfaitement ! On a vu le traitement réussir. Entendez-vous, tous les jours des huîtres, des moules, des clovisses [1], des oursins, des arapèdes [2], même des homards et des langoustes. »

Puis, comme il se retirait, il ajouta négligemment, sur le seuil de la porte :

« Ne vous enterrez pas. Mme Chabre est jeune et a besoin de distractions… Allez à Trouville. L'air y est très bon. »

Trois jours après, le ménage Chabre partait. Seulement, l'ancien marchand de grains avait pensé qu'il était complètement inutile d'aller à Trouville, où il dépenserait un argent fou. On est également bien dans tous les pays pour manger des coquillages ; même, dans un pays perdu, les coquillages devaient être plus abondants et moins chers. Quant aux amusements, ils seraient toujours trop nombreux. Ce n'était pas un voyage de plaisir qu'ils faisaient.

Un ami avait enseigné à M. Chabre la petite plage du Pouliguen, près de Saint-Nazaire. Mme Chabre, après un voyage de douze heures, s'ennuya beaucoup, pendant la journée qu'ils passèrent à Saint-Nazaire, dans cette ville naissante, avec ses rues neuves tracées au cordeau [3], pleines encore de chantiers de construc-

1. Nom provençal des palourdes.

2. Nom provençal des patelles, ou « berniques », mollusques à coquille conique qui vivent fixés aux rochers.

3. Rectilignes.

tion. Ils allèrent visiter le port, ils se traînèrent dans les rues, où les magasins hésitent entre les épiceries noires des villages et les grandes épiceries luxueuses des villes. Au Pouliguen, il n'y avait plus un seul chalet à louer. Les petites maisons de planches et de plâtre, qui semblent entourer la baie des baraques violemment peinturlurées d'un champ de foire, se trouvaient déjà envahies par des Anglais et par les riches négociants de Nantes. D'ailleurs, Estelle faisait une moue, en face de ces architectures, dans lesquelles des bourgeois artistes avaient donné carrière à leur imagination.

On conseilla aux voyageurs d'aller coucher à Guérande. C'était un dimanche. Quand ils arrivèrent, vers midi, M. Chabre éprouva un saisissement, bien qu'il ne fût pas de nature poétique. La vue de Guérande, de ce bijou féodal si bien conservé, avec son enceinte fortifiée et ses portes profondes, surmontées de mâchicoulis [1], l'étonna. Estelle regardait la ville silencieuse, entourée des grands arbres de ses promenades ; et, dans l'eau dormante de ses yeux, une rêverie souriait. Mais la voiture roulait toujours, le cheval passa au trot sous une porte, et les roues dansèrent sur le pavé pointu des rues étroites. Les Chabre n'avaient pas échangé une parole.

« Un vrai trou ! murmura enfin l'ancien marchand de grains. Les villages, autour de Paris, sont mieux bâtis. »

---

1. Galeries percées de meurtrières dans la partie haute d'un ouvrage fortifié.

Comme le ménage descendait de voiture devant l'hôtel du Commerce, situé au centre de la ville, à côté de l'église, justement on sortait de la grand-messe. Pendant que son mari s'occupait des bagages, Estelle fit quelques pas, très intéressée par le défilé des fidèles, dont un grand nombre portaient des costumes originaux. Il y avait là, en blouse blanche et en culotte bouffante, des paludiers [1] qui vivent dans les marais salants, dont le vaste désert s'étale entre Guérande et Le Croisic. Il y avait aussi des métayers, race complètement distincte, qui portaient la courte veste de drap et le large chapeau rond. Mais Estelle fut surtout ravie par le costume riche d'une jeune fille. La coiffe la serrait aux tempes et se terminait en pointe. Sur son corset rouge, garni de larges manches à revers, s'appliquait un plastron [2] de soie broché de fleurs voyantes. Et une ceinture, aux broderies d'or et d'argent, serrait ses trois jupes de drap bleu superposées, plissées à plis serrés ; tandis qu'un long tablier de soie orange descendait, en laissant à découvert ses bas de laine rouge et ses pieds chaussés de petites mules jaunes.

« S'il est permis ! dit M. Chabre, qui venait de se planter derrière sa femme. Il faut être en Bretagne pour voir un pareil carnaval. »

---

1. Ouvriers qui récoltent le sel.
2. Partie fixe ou amovible de certains vêtements, recouvrant la poitrine.

Estelle ne répondit pas. Un grand jeune homme, d'une vingtaine d'années, sortait de l'église, en donnant le bras à une vieille dame. Il était très blanc de peau, la mine fière, les cheveux d'un blond fauve. On aurait dit un géant, aux épaules larges, aux membres déjà bossués de muscles, et si tendre, si délicat pourtant, qu'il avait la figure rose d'une jeune fille, sans un poil aux joues. Comme Estelle le regardait fixement, surprise de sa grande beauté, il tourna la tête, la regarda une seconde, et rougit.

« Tiens ! murmura M. Chabre, en voilà un au moins qui a une figure humaine. Ça fera un beau carabinier [1].

— C'est M. Hector, dit la servante de l'hôtel, qui avait entendu. Il accompagne sa maman, Mme de Plougastel… Oh ! un enfant bien doux, bien honnête ! »

Pendant le déjeuner, à la table d'hôte, les Chabre assistèrent à une vive discussion. Le conservateur des hypothèques [2], qui prenait ses repas à l'hôtel du Commerce, vanta la vie patriarcale de Guérande, surtout les bonnes mœurs de la jeunesse. À l'entendre, c'était l'éducation religieuse qui conservait ainsi l'innocence des habitants. Et il donnait des exemples, il citait des faits. Mais un commis voyageur, arrivé du matin, avec des caisses de bijoux faux, ricanait, en racontant qu'il

1. Soldat d'élite.

2. Fonctionnaire responsable de questions immobilières.

avait aperçu, le long du chemin, des filles et des garçons qui s'embrassaient derrière les haies. Il aurait voulu voir les gars du pays, si on leur avait mis sous le nez des dames aimables. Et il finit par plaisanter la religion, les curés et les religieuses, si bien que le conservateur des hypothèques jeta sa serviette et s'en alla, suffoqué. Les Chabre avaient mangé, sans dire un mot, le mari furieux des choses qu'on entendait dans les tables d'hôte, la femme paisible et souriante, comme si elle ne comprenait pas.

Pour occuper l'après-midi, le ménage visita Guérande. Dans l'église Saint-Aubin, il faisait une fraîcheur délicieuse. Ils s'y promenèrent doucement, levant les yeux vers les hautes voûtes, sous lesquelles des faisceaux de colonnettes montent comme des fusées de pierre. Ils s'arrêtèrent devant les sculptures étranges des chapiteaux, où l'on voit des bourreaux scier des patients en deux, et les faire cuire sur des grils, tandis qu'ils alimentent le feu avec de gros soufflets. Puis, ils parcoururent les cinq ou six rues de la ville, et M. Chabre garda son opinion : décidément, c'était un trou, sans le moindre commerce, une de ces vieilleries du Moyen Âge, comme on en avait tant démoli déjà. Les rues étaient désertes, bordées de maisons à pignon [1], qui se tassaient les unes contre les autres, pareilles à de vieilles femmes lasses. Des toits pointus,

1. Partie supérieure et triangulaire de la façade supportant le toit.

des poivrières[1] couvertes d'ardoises clouées, des tourelles d'angle, des restes de sculptures usés par le temps, faisaient de certains coins silencieux comme des musées dormant au soleil. Estelle, qui lisait des romans depuis qu'elle était mariée, avait des regards langoureux, en examinant les fenêtres à petites vitres garnies de plomb. Elle songeait à Walter Scott[2].

Mais, quand les Chabre sortirent de la ville pour en faire le tour, ils hochèrent la tête et durent convenir que c'était vraiment gentil. Les murailles de granit se développent sans une brèche, dorées par le soleil, intactes comme au premier jour. Des draperies de lierre et de chèvrefeuille pendent seules des mâchicoulis. Sur les tours, qui flanquent les remparts, des arbustes ont poussé, des genêts d'or, des giroflées de flamme, dont les panaches de fleurs brûlent dans le ciel clair. Et, tout autour de la ville, s'étendent des promenades ombragées de grands arbres, des ormes séculaires[3], sous lesquels l'herbe pousse. On marche là à petits pas, comme sur un tapis, en longeant les anciens fossés, comblés par endroits, changés plus loin en mares stagnantes dont les eaux moussues ont d'étranges reflets. Des bouleaux, contre les murailles, y mirent leurs troncs blancs.

---

1. Guérites à toiture pointue placées à l'angle d'un bâtiment.
2. Écrivain écossais (1771-1832), auteur de romans d'aventures historiques, considéré comme l'un des maîtres de l'influence gothique.
3. Qui ont au moins cent ans d'âge.

Des nappes de plantes y étalent leurs cheveux verts. Des coups de lumière glissent entre les arbres, éclairent des coins mystérieux, des enfoncements de poterne [1], où les grenouilles mettent seules leurs sauts brusques et effarés, dans le silence recueilli des siècles morts.

« Il y a dix tours, je les ai comptées ! » s'écria M. Chabre, lorsqu'ils furent revenus à leur point de départ.

Les quatre portes de la ville l'avaient surtout frappé avec leur porche étroit et profond, où une seule voiture pouvait passer à la fois. Est-ce que ce n'était pas ridicule, au XIXe siècle, de rester enfermé ainsi ? C'est lui qui aurait rasé les portes, de vraies citadelles, trouées de meurtrières, aux murs si épais, qu'on aurait pu bâtir à leur place deux maisons de six étages !

« Sans compter, ajoutait-il, les matériaux qu'on retirerait également des remparts. »

Ils étaient alors sur le Mail [2], vaste promenade exhaussée [3], formant un quart de cercle, de la porte de l'est à la porte du sud. Estelle restait songeuse, en face de l'admirable horizon qui s'étendait à des lieues, au-delà des toitures du faubourg. C'était d'abord une bande de nature puissante, des pins tordus par les vents de la mer, des buissons noueux, toute une végétation

1. Porte dans une construction fortifiée.
2. Promenade bordée d'arbres.
3. En hauteur, surélevée.

d'une verdure noire. Puis s'étendait le désert des marais salants, l'immense plaine nue, avec les miroirs des bassins carrés et les blancheurs des petits tas de sel, qui s'allumaient sur la nappe grise des sables. Et, plus loin, à la limite du ciel, l'Océan mettait sa profondeur bleue. Trois voiles, dans ce bleu, semblaient trois hirondelles blanches.

« Voici le jeune homme de ce matin, dit tout d'un coup M. Chabre. Tu ne trouves pas qu'il ressemble au petit des Larivière ? S'il avait une bosse, ce serait tout à fait ça. »

Estelle s'était lentement tournée. Mais Hector, planté au bord du Mail, l'air absorbé, lui aussi, par la vue lointaine de la mer, ne parut pas s'apercevoir qu'on le regardait. Alors, la jeune femme se remit lentement à marcher. Elle s'appuyait sur la longue canne de son ombrelle. Au bout d'une dizaine de pas, le nœud de l'ombrelle se détacha. Et les Chabre entendirent une voix derrière eux.

« Madame, Madame… »

C'était Hector qui avait ramassé le nœud.

« Mille fois merci, Monsieur », dit Estelle avec son tranquille sourire.

Il était bien doux, bien honnête, ce garçon. Il plut tout de suite à M. Chabre, qui lui confia son embarras sur le choix d'une plage et lui demanda même des renseignements. Hector, très timide, balbutiait.

« Je ne crois pas que vous trouviez ce que vous cherchez ni au Croisic ni au bourg de Batz, dit-il en montrant les clochers de ces petites villes à l'horizon. Je vous conseille d'aller à Piriac... »

Et il fournit des détails, Piriac était à trois lieues. Il avait un oncle dans les environs. Enfin, sur une question de M. Chabre, il affirma que les coquillages s'y trouvaient en abondance.

La jeune femme tapait l'herbe rase du bout de son ombrelle. Le jeune homme ne levait pas les yeux sur elle, comme très embarrassé par sa présence.

« Une bien jolie ville que Guérande, Monsieur, finit par dire Estelle de sa voix flûtée.

— Oh ! bien jolie », balbutia Hector, en la dévorant brusquement du regard.

II

Un matin, trois jours après l'installation du ménage à Piriac, M. Chabre, debout sur la plate-forme de la jetée qui protège le petit port, surveillait placidement le bain d'Estelle, en train de faire la planche. Le soleil était déjà très chaud ; et, correctement habillé, en redingote [1] noire et en chapeau de feutre, il s'abritait sous une ombrelle de touriste, à doublure verte.

« Est-elle bonne ? demanda-t-il pour avoir l'air de s'intéresser au bain de sa femme.

— Très bonne ! » répondit Estelle, en se remettant sur le ventre.

Jamais M. Chabre ne se baignait. Il avait une grande terreur de l'eau, qu'il dissimulait en disant que les médecins lui défendaient formellement les bains de mer. Quand une vague, sur le sable, roulait jusqu'à ses semelles, il se reculait avec un tressaillement, comme devant une bête méchante montrant les dents. D'ailleurs, l'eau aurait dérangé sa correction habituelle, il la trouvait malpropre et inconvenante.

1. Vêtement masculin boutonné de haut en bas, dont le nom viendrait de l'anglais *raining coat*, « manteau de pluie ».

« Alors, elle est bonne ? » répéta-t-il, étourdi par la chaleur, pris d'une somnolence inquiète sur ce bout de jetée.

Estelle ne répondit pas, battant l'eau de ses bras, nageant en chien. D'une hardiesse garçonnière, elle se baignait pendant des heures, ce qui consternait son mari, car il croyait décent de l'attendre sur le bord. À Piriac, Estelle avait trouvé le bain qu'elle aimait. Elle dédaignait la plage en pente, qu'il faut descendre longtemps, avant d'enfoncer jusqu'à la ceinture. Elle se rendait à l'extrémité de la jetée, enveloppée dans son peignoir de molleton blanc, le laissait glisser de ses épaules et piquait tranquillement une tête. Il lui fallait six mètres de fond, disait-elle, pour ne pas se cogner aux rochers. Son costume de bain sans jupe, fait d'une seule pièce, dessinait sa haute taille ; et la longue ceinture bleue qui lui ceignait[1] les reins la cambrait, les hanches balancées d'un mouvement rythmique. Dans l'eau claire, les cheveux emprisonnés sous un bonnet de caoutchouc, d'où s'échappaient des mèches folles, elle avait la souplesse d'un poisson bleuâtre, à tête de femme, inquiétante et rose.

M. Chabre était là depuis un quart d'heure, sous le soleil ardent. Trois fois déjà, il avait consulté sa montre. Il finit par se hasarder à dire timidement :

1. Entourait.

« Tu restes bien longtemps, ma bonne… Tu devrais sortir, les bains si longs te fatiguent.

— Mais j'entre à peine ! cria la jeune femme. On est comme dans du lait. »

Puis, se remettant sur le dos :

« Si tu t'ennuies, tu peux t'en aller… Je n'ai pas besoin de toi. »

Il protesta de la tête, il déclara qu'un malheur était si vite arrivé ! Et Estelle souriait, en songeant de quel beau secours lui serait son mari, si elle était prise d'une crampe. Mais brusquement, elle regarda de l'autre côté de la jetée, dans la baie qui se creuse à gauche du village.

« Tiens ! dit-elle, qu'est-ce qu'il y a donc là-bas ? Je vais voir. »

Et elle fila rapidement, par brassées longues et régulières.

« Estelle ! Estelle ! criait M. Chabre. Veux-tu bien ne pas t'éloigner !… Tu sais que je déteste les imprudences. »

Mais Estelle ne l'écoutait pas, il dut se résigner. Debout, se haussant pour suivre la tache blanche que le chapeau de paille de sa femme faisait sur l'eau, il se contenta de changer de main son ombrelle, sous laquelle l'air surchauffé le suffoquait de plus en plus.

« Qu'a-t-elle donc vu ? murmurait-il. Ah ! oui, cette chose qui flotte là-bas… Quelque saleté. Un paquet d'algues, bien sûr. Ou un baril... Tiens ! non, ça bouge. »

Et, tout d'un coup, il reconnut l'objet.

« Mais c'est un monsieur qui nage ! »

Estelle, cependant, après quelques brassées, avait aussi parfaitement reconnu que c'était un monsieur. Alors, elle cessa de nager droit à lui, ce qu'elle sentait peu convenable. Mais, par coquetterie, heureuse de montrer sa hardiesse, elle ne revint pas à la jetée, elle continua de se diriger vers la pleine mer. Elle avançait paisiblement, sans paraître apercevoir le nageur. Celui-ci, comme si un courant l'avait porté, obliquait peu à peu vers elle. Puis, quand elle se tourna pour revenir à la jetée, il y eut une rencontre qui parut toute fortuite.

« Madame, votre santé est bonne ? demanda poliment le monsieur.

— Tiens ! c'est vous, Monsieur ! » dit gaiement Estelle.

Et elle ajouta avec un léger rire :

« Comme on se retrouve tout de même ! »

C'était le jeune Hector de Plougastel. Il restait très timide, très fort et très rose dans l'eau. Un instant, ils nagèrent sans parler, à une distance décente. Ils étaient obligés de hausser la voix pour s'entendre. Pourtant, Estelle crut devoir se montrer polie.

« Nous vous remercions de nous avoir indiqué Piriac... Mon mari est enchanté.

— C'est votre mari, n'est-ce pas, ce monsieur tout seul qui est là-bas sur la jetée ? demanda Hector.

— Oui, Monsieur », répondit-elle.

Et ils se turent de nouveau. Ils regardaient le mari, grand comme un insecte noir, au-dessus de la mer. M. Chabre, très intrigué, se haussait davantage, en se demandant quelle connaissance sa femme avait bien pu rencontrer en plein Océan. C'était indubitable, sa femme causait avec le monsieur. Il les voyait tourner la tête l'un vers l'autre. Ce devait être un de leurs amis de Paris. Mais il avait beau chercher, il ne trouvait personne dans leurs relations qui aurait osé s'aventurer ainsi. Et il attendait, en imprimant à son ombrelle un mouvement de toupie, pour se distraire.

« Oui, expliquait Hector à la belle Mme Chabre, je suis venu passer quelques jours chez mon oncle, dont vous apercevez là-bas le château, à mi-côte. Alors, tous les jours, pour prendre mon bain, je pars de cette pointe, en face de la terrasse, et je vais jusqu'à la jetée. Puis, je retourne. En tout, deux kilomètres. C'est un exercice excellent… Mais vous, Madame, vous êtes très brave. Je n'ai jamais vu une dame aussi brave.

— Oh ! dit Estelle, toute petite j'ai pataugé… L'eau me connaît bien. Nous sommes de vieilles amies. »

Peu à peu, ils se rapprochaient, pour ne pas avoir à crier si fort. La mer, par cette chaude matinée, dormait, pareille à un vaste pan de moire [1]. Des plaques de satin

1. Étoffe brillante, à l'aspect chatoyant.

s'étendaient, puis des bandes qui ressemblaient à une étoffe plissée, s'allongeaient, s'agrandissaient, portant au loin le léger frisson des courants. Quand ils furent près l'un de l'autre, la conversation devint plus intime.

L'admirable journée ! Et Hector indiquait à Estelle plusieurs points des côtes. Là, ce village, à un kilomètre de Piriac, c'était Port-aux-Loups ; en face se trouvait le Morbihan, dont les falaises blanches se détachaient avec la netteté d'une touche d'aquarelle ; enfin de l'autre côté, vers la pleine mer, l'île Dumet faisait une tache grise, au milieu de l'eau bleue. Estelle, à chaque indication, suivait le doigt d'Hector, s'arrêtait un instant pour regarder. Et cela l'amusait de voir ces côtes lointaines, les yeux au ras de l'eau, dans un infini limpide. Quand elle se tournait vers le soleil, c'était un éblouissement, la mer semblait se changer en un Sahara sans bornes, avec la réverbération aveuglante de l'astre sur l'immensité décolorée des sables.

« Comme c'est beau ! murmurait-elle, comme c'est beau ! »

Elle se mit sur le dos pour se reposer. Elle ne bougeait plus, les mains en croix, la tête rejetée en arrière, s'abandonnant. Et ses jambes blanches, ses bras blancs flottaient.

« Alors, vous êtes né à Guérande, Monsieur ? » demanda-t-elle.

Afin de causer plus commodément, Hector se mit également sur le dos.

« Oui, Madame, répondit-il. Je ne suis jamais allé qu'une fois à Nantes. »

Il donna des détails sur son éducation. Il avait grandi auprès de sa mère, qui était d'une dévotion étroite, et qui gardait intactes les traditions de l'ancienne noblesse. Son précepteur [1], un prêtre, lui avait appris à peu près ce qu'on apprend dans les collèges, en y ajoutant beaucoup de catéchisme et de blason [2]. Il montait à cheval, tirait l'épée, était rompu aux exercices du corps. Et, avec cela, il semblait avoir une innocence de vierge, car il communiait tous les huit jours, ne lisait jamais de romans, et devait épouser à sa majorité une cousine à lui, qui était laide.

« Comment ! vous avez vingt ans à peine ! » s'écria Estelle, en jetant un coup d'œil étonné sur ce colosse enfant.

Elle devint maternelle. Cette fleur de la forte race bretonne l'intéressait. Mais, comme ils restaient tous deux sur le dos, les yeux perdus dans la transparence du ciel, ne s'inquiétant plus autrement de la terre, ils furent poussés si près l'un de l'autre, qu'il la heurta légèrement.

« Oh ! pardon ! » dit-il.

Il plongea, reparut quatre mètres plus loin. Elle s'était remise à nager et riait beaucoup.

---

1. Personne chargée de l'instruction d'un enfant (de famille noble ou riche) qui ne fréquente pas d'établissement scolaire.

2. Connaissance des armoiries et des emblèmes de la noblesse.

« C'est un abordage », criait-elle.

Lui, était très rouge. Il se rapprochait, en la regardant sournoisement. Elle lui semblait délicieuse, sous son chapeau de paille rabattu. On ne voyait que son visage, dont le menton à fossette trempait dans l'eau. Quelques gouttes tombant des mèches blondes échappées du bonnet mettaient des perles dans le duvet des joues. Et rien n'était exquis comme ce sourire, cette tête de jolie femme qui s'avançait à petit bruit, en ne laissant derrière elle qu'un filet d'argent.

Hector devint plus rouge encore, lorsqu'il s'aperçut qu'Estelle se savait regardée et s'égayait de la singulière figure qu'il devait faire.

« Monsieur votre mari paraît s'impatienter, dit-il pour renouer la conversation.

— Oh ! non, répondit-elle tranquillement, il a l'habitude de m'attendre, quand je prends mon bain. »

À la vérité, M. Chabre s'agitait. Il faisait quatre pas en avant, revenait, puis repartait, en imprimant à son ombrelle un mouvement de rotation plus vif, dans l'espoir de se donner de l'air. La conversation de sa femme avec le nageur inconnu commençait à le surprendre.

Estelle songea tout à coup qu'il n'avait peut-être pas reconnu Hector.

« Je vais lui crier que c'est vous », dit-elle.

Et, lorsqu'elle put être entendue de la jetée, elle haussa la voix.

« Tu sais, mon ami, c'est ce monsieur de Guérande qui a été si aimable.

— Ah ! très bien, très bien », cria à son tour M. Chabre.

Il ôta son chapeau et salua.

« L'eau est bonne, Monsieur ? demanda-t-il avec politesse.

— Très bonne, Monsieur », répondit Hector.

Le bain continua sous les yeux du mari, qui n'osait plus se plaindre, bien que ses pieds fussent cuits par les pierres brûlantes. Au bout de la jetée, la mer était d'une transparence admirable. On apercevait nettement le fond, à quatre ou cinq mètres, avec son sable fin, ses quelques galets mettant une tache noire ou blanche, ses herbes minces, debout, balançant leurs longs cheveux. Et ce fond limpide amusait beaucoup Estelle. Elle nageait doucement, pour ne pas trop agiter la surface ; puis, penchée, avec de l'eau jusqu'au nez, elle regardait sous elle se dérouler le sable et les galets, dans la mystérieuse et vague profondeur. Les herbes surtout lui donnaient un léger frisson, lorsqu'elle passait au-dessus d'elles. C'étaient des nappes verdâtres, comme vivantes, remuant des feuilles découpées et pareilles à un fourmillement de pattes de crabes, les unes courtes, ramassées, tapies entre deux roches, les autres dégingandées [1], allongées et souples ainsi que des serpents. Elle jetait de petits cris, annonçant ses découvertes.

1. Longues et étirées.

« Oh ! cette grosse pierre ! on dirait qu'elle bouge… Oh ! cet arbre, un vrai arbre, avec des branches !… Oh ! ça, c'est un poisson ! Il file raide. »

Puis, tout d'un coup, elle se récria.

« Qu'est-ce que c'est donc ? un bouquet de mariée !… Comment ! il y a des bouquets de mariée dans la mer ?… Voyez, si on ne dirait pas des fleurs blanches. C'est très joli, très joli… »

Aussitôt Hector plongea. Et il reparut, tenant une poignée d'herbes blanchâtres, qui tombèrent et se fanèrent en sortant de l'eau.

« Je vous remercie bien, dit Estelle. Il ne fallait pas vous donner la peine… Tiens ! mon ami, garde-moi ça. »

Et elle jeta la poignée d'herbes aux pieds de M. Chabre. Pendant un instant encore, la jeune femme et le jeune homme nagèrent. Ils faisaient une écume bouillonnante, avançaient par brassées saccadées. Puis, tout d'un coup, leur nage semblait s'endormir, ils glissaient avec lenteur, en élargissant seulement autour d'eux des cercles qui oscillaient et se mouraient. C'était comme une intimité discrète et sensuelle, de se rouler ainsi dans le même flot. Hector, à mesure que l'eau se refermait sur le corps fuyant d'Estelle, cherchait à se glisser dans le sillage qu'elle laissait, à retrouver la place et la tiédeur de ses membres. Autour d'eux, la mer s'était calmée encore, d'un bleu dont la pâleur tournait au rose.

« Ma bonne, tu vas prendre froid, murmura M. Chabre qui suait à grosses gouttes.

— Je sors, mon ami », répondit-elle.

Elle sortit en effet, remonta vivement à l'aide d'une chaîne, le long du talus oblique de la jetée. Hector devait guetter sa sortie. Mais, quand il leva la tête au bruit de pluie qu'elle faisait, elle était déjà sur la plate-forme, enveloppée dans son peignoir. Il eut une figure si surprise et si contrariée, qu'elle sourit, en grelottant un peu ; et elle grelottait, parce qu'elle se savait charmante, agitée ainsi d'un frisson, grande, détachant sa silhouette drapée sur le ciel.

Le jeune homme dut prendre congé.

« Au plaisir de vous revoir, Monsieur », dit le mari.

Et, pendant qu'Estelle, en courant sur les dalles de la jetée, suivait au-dessus de l'eau la tête d'Hector qui retraversait la baie, M. Chabre venait derrière elle, gravement, tenant à la main l'herbe marine cueillie par le jeune homme, le bras tendu pour ne pas mouiller sa redingote.

III

Les Chabre avaient loué à Piriac le premier étage d'une grande maison, dont les fenêtres donnaient sur la mer. Comme on ne trouvait dans le village que des cabarets borgnes [1], ils avaient dû prendre une femme du pays, qui leur faisait la cuisine. Une étrange cuisine par exemple, des rôtis réduits en charbon, et des sauces de couleur inquiétante, devant lesquelles Estelle préférait manger du pain. Mais, comme le disait M. Chabre, on n'était pas venu pour la gourmandise. Lui, d'ailleurs, ne touchait guère aux rôtis ni aux sauces. Il se bourrait de coquillages, matin et soir, avec une conviction d'homme qui s'administre une médecine. Le pis était qu'il détestait ces bêtes inconnues, aux formes bizarres, élevé dans une cuisine bourgeoise, fade et lavée, ayant un goût d'enfant pour les sucreries. Les coquillages lui emportaient la bouche, salés, poivrés, de saveurs si imprévues et si fortes, qu'il ne pouvait dissimuler une grimace en les avalant ; mais il aurait avalé les coquilles, s'il l'avait fallu, tant il s'entêtait dans son désir d'être père.

1. Petits cabarets mal fréquentés ou peu engageants.

« Ma bonne, tu n'en manges pas ! » criait-il souvent à Estelle.

Il exigeait qu'elle en mangeât autant que lui. C'était nécessaire pour le résultat, disait-il. Et des discussions s'engageaient. Estelle prétendait que le docteur Guiraud n'avait pas parlé d'elle. Mais lui, répondait qu'il était logique de se soumettre l'un et l'autre au traitement. Alors, la jeune femme pinçait les lèvres, jetait de clairs regards sur l'obésité blême de son mari. Un irrésistible sourire creusait légèrement la fossette de son menton. Elle n'ajoutait rien, n'aimant à blesser personne. Même, ayant découvert un parc d'huîtres, elle avait fini par en manger une douzaine à chacun de ses repas. Ce n'était point que, personnellement, elle eût besoin d'huîtres, mais elle les adorait.

La vie, à Piriac, était d'une monotonie ensommeillée. Il y avait seulement trois familles de baigneurs, un épicier en gros de Nantes, un ancien notaire de Guérande, homme sourd et naïf, un ménage d'Angers qui pêchait toute la journée, avec de l'eau jusqu'à la ceinture. Ce petit monde faisait peu de bruit. On se saluait, quand on se rencontrait, et les relations n'allaient pas plus loin. Sur le quai désert, la grosse émotion était de voir de loin en loin deux chiens se battre.

Estelle, habituée au vacarme de Paris, se serait ennuyée mortellement, si Hector n'avait fini par leur rendre visite tous les jours. Il devint le grand ami de M. Chabre, à la suite d'une promenade qu'ils firent ensemble sur la côte. M. Chabre, dans un moment d'expansion, confia au jeune homme le motif de leur voyage, tout en choisissant les termes les plus chastes pour ne pas offenser la pureté de ce grand garçon. Lorsqu'il eut expliqué scientifiquement pourquoi il mangeait tant de coquillages, Hector, stupéfié, oubliant de rougir, le regarda de la tête aux pieds, sans songer à cacher sa surprise qu'un homme pût avoir besoin de se mettre à un tel régime. Cependant, le lendemain, il s'était présenté avec un petit panier plein de clovisses, que l'ancien marchand de grains avait accepté d'un air de reconnaissance. Et, depuis ce jour, très habile à toutes les pêches, connaissant chaque roche de la baie, il ne venait plus sans apporter des coquillages. Il lui fit manger des moules superbes qu'il allait ramasser à mer basse, des oursins qu'il ouvrait et nettoyait en se piquant les doigts, des arapèdes qu'il détachait des rochers avec la pointe d'un couteau, toutes sortes de bêtes qu'il appelait de noms barbares, et auxquelles il n'avait jamais goûté lui-même. M. Chabre, enchanté, n'ayant plus à débourser un sou, se confondait en remerciements.

Maintenant, Hector trouvait toujours un prétexte pour entrer. Chaque fois qu'il arrivait avec son petit panier, et qu'il rencontrait Estelle, il disait la même phrase :

« J'apporte des coquillages pour M. Chabre. »

Et tous deux souriaient, les yeux rapetissés et luisants. Les coquillages de M. Chabre les amusaient.

Dès lors, Estelle trouva Piriac charmant. Chaque jour, après le bain, elle faisait une promenade avec Hector. Son mari les suivait à distance, car ses jambes étaient lourdes, et ils allaient souvent trop vite pour lui. Hector montrait à la jeune femme les anciennes splendeurs de Piriac, des restes de sculptures, des portes et des fenêtres à rinceaux [1], très délicatement travaillées. Aujourd'hui, la ville de jadis est un village perdu, aux rues barrées de fumier, étranglées entre des masures [2] noires. Mais la solitude y est si douce, qu'Estelle enjambait les coulées d'ordure, intéressée par le moindre bout de muraille, jetant des coups d'œil surpris dans les intérieurs des habitants, où tout un bric-à-brac de misère traînait sur la terre battue. Hector l'arrêtait devant les figuiers superbes, aux larges feuilles de cuir velu, dont les jardins sont plantés, et qui allongent leurs branches par-dessus les clôtures basses. Ils entraient dans les ruelles les plus étroites, ils se penchaient sur les margelles des puits, au fond desquels ils apercevaient leurs images souriantes, dans l'eau claire, blanche comme une glace ; tandis que, derrière eux, M. Chabre digérait

1. Motifs architecturaux imitant des branches, des feuilles ou des fruits.

2. Petites habitations misérables.

ses coquillages, abrité sous la percaline [1] verte de son ombrelle, qu'il ne quittait jamais.

Une des grandes gaietés d'Estelle était les oies et les cochons, qui se promenaient en bandes, librement. Dans les premiers temps, elle avait eu très peur des cochons, dont les allures brusques, les masses de graisse roulant sur des pattes minces, lui donnaient la continuelle inquiétude d'être heurtée et renversée ; ils étaient aussi bien sales, le ventre noir de boue, le groin barbouillé, ronflant à terre. Mais Hector lui avait juré que les cochons étaient les meilleurs enfants du monde. Et, maintenant, elle s'amusait de leurs courses inquiètes à l'heure de la pâtée, elle s'émerveillait de leur robe de soie rose, d'une fraîcheur de robe de bal, quand il avait plu. Les oies aussi l'occupaient. Dans un trou à fumier, au bout d'une ruelle, souvent deux bandes d'oies arrivaient, chacune de son côté. Elles semblaient se saluer d'un claquement de bec, se mêlaient, happaient ensemble des épluchures de légumes. Une, en l'air, au sommet du tas, l'œil rond, le cou raidi, comme calée sur ses pattes et gonflant le duvet blanc de sa panse, avait une majesté tranquille de souverain, au grand nez jaune ; tandis que les autres, le cou plié, cherchaient à terre, avec une musique rauque. Puis, brusquement, la grande oie descendait en jetant un cri ; et les oies de sa bande suivaient, tous les cous allongés du même côté,

1. Toile fine de coton lustrée.

filant en mesure dans un déhanchement d'animaux infirmes. Si un chien passait, les cous se tendaient davantage et sifflaient. Alors, la jeune femme battait des mains, suivait le défilé majestueux des deux sociétés qui rentraient chez elles, en personnes graves appelées par des affaires importantes. Un des amusements était encore de voir se baigner les cochons et les oies, qui descendaient l'après-midi sur la plage prendre leur bain, comme des hommes.

Le premier dimanche, Estelle crut devoir aller à la messe. Elle ne pratiquait pas, à Paris. Mais, à la campagne, la messe était une distraction, une occasion de s'habiller et de voir du monde. D'ailleurs, elle y retrouva Hector lisant dans un énorme paroissien [1] à reliure usée. Par-dessus le livre, il ne cessa de la regarder, les lèvres sérieuses, mais les yeux si luisants, qu'on y devinait des sourires. À la sortie, il lui offrit le bras, pour traverser le petit cimetière qui entoure l'église. Et, l'après-midi, après les vêpres [2], il y eut un autre spectacle, une procession à un calvaire [3] planté au bout du village. Un paysan marchait le premier, tenant une bannière [4] de soie violette brochée d'or, à hampe [5] rouge.

---

1. Livre de prières qui permet de suivre la messe.
2. Office religieux de la fin de l'après-midi.
3. Croix dressée sur une plate-forme ou à un carrefour, qui commémore la Passion du Christ (ensemble de souffrances et supplices qui ont accompagné la mort de Jésus-Christ).
4. Drapeau.
5. Long manche.

Puis, deux longues files de femmes s'espaçaient largement. Les prêtres venaient au milieu, un curé, un vicaire [1] et le précepteur d'un château voisin, chantant à pleine voix. Enfin, derrière, à la suite d'une bannière blanche portée par une grosse fille aux bras hâlés, piétinait la queue des fidèles, qui se traînait avec un fort bruit de sabots, pareille à un troupeau débandé [2]. Quand la procession passa sur le port, les bannières et les coiffes blanches des femmes se détachèrent au loin sur le bleu ardent de la mer ; et ce lent cortège dans le soleil prit une grande pureté.

Le cimetière attendrissait beaucoup Estelle. Elle n'aimait pas les choses tristes, d'habitude. Le jour de son arrivée, elle avait eu un frisson, en apercevant toutes ces tombes, qui se trouvaient sous sa fenêtre. L'église était sur le port, entourée des croix, dont les bras se tendaient vers l'immensité des eaux et du ciel et, les nuits de vent, les souffles du large pleuraient dans cette forêt de planches noires. Mais elle s'était vite habituée à ce deuil, tant le petit cimetière avait une douceur gaie. Les morts semblaient y sourire, au milieu des vivants qui les coudoyaient. Comme le cimetière était clos d'un mur bas, à hauteur d'appui, et qu'il bouchait le passage au centre même de Piriac, les gens ne se gênaient point pour enjamber le mur et suivre les allées,

1. Prêtre qui aide le curé d'une paroisse et, à l'occasion, le remplace.
2. En désordre.

à peine tracées dans les hautes herbes. Les enfants jouaient là, une débandade d'enfants lâchés au travers des dalles de granit. Des chats blottis sous des arbustes bondissaient brusquement, se poursuivaient ; souvent, on y entendait des miaulements de chattes amoureuses, dont on voyait les silhouettes hérissées et les grandes queues balayant l'air. C'était un coin délicieux, envahi par les végétations folles, planté de fenouils gigantesques, aux larges ombelles jaunes, d'une odeur si pénétrante, qu'après les journées chaudes, des souffles d'anis, venus des tombes, embaumaient Piriac tout entier. Et, la nuit, quel champ tranquille et tendre ! La paix du village endormi semblait sortir du cimetière. L'ombre effaçait les croix, des promeneurs attardés s'asseyaient sur des bancs de granit, contre le mur, pendant que la mer, en face, roulait ses vagues, dont la brise apportait la poussière salée.

Estelle, un soir qu'elle rentrait au bras d'Hector, eut l'envie de traverser le champ désert. M. Chabre trouva l'idée romanesque et protesta en suivant le quai. Elle dut quitter le bras du jeune homme, tant l'allée était étroite. Au milieu des hautes herbes, sa jupe faisait un long bruit. L'odeur des fenouils était si forte, que les chattes amoureuses ne se sauvaient point, pâmées sous les verdures. Comme ils entraient dans l'ombre de l'église, elle sentit à sa taille la main d'Hector. Elle eut peur et jeta un cri.

« C'est bête ! dit-elle, quand ils sortirent de l'ombre, j'ai cru qu'un revenant m'emportait. »

Hector se mit à rire et donna une explication.

« Oh ! une branche, quelque fenouil qui a fouetté vos jupes ! »

Ils s'arrêtèrent, regardèrent les croix autour d'eux, ce profond calme de la mort qui les attendrissait ; et, sans ajouter un mot, ils s'en allèrent, très troublés.

« Tu as eu peur, je t'ai entendue, dit M. Chabre. C'est bien fait ! »

À la mer haute, par distraction, on allait voir arriver les bateaux de sardines. Lorsqu'une voile se dirigeait vers le port, Hector la signalait au ménage. Mais le mari, dès le sixième bateau, avait déclaré que c'était toujours la même chose. Estelle, au contraire, ne paraissait pas se lasser, trouvait un plaisir de plus en plus vif à se rendre sur la jetée. Il fallait courir souvent. Elle sautait sur les grosses pierres descellées, laissait voler ses jupes qu'elle empoignait d'une main, afin de ne pas tomber. Elle étouffait, en arrivant, les mains à son corsage, renversée en arrière pour reprendre haleine. Et Hector la trouvait adorable ainsi, décoiffée, l'air hardi, avec son allure garçonnière. Cependant, le bateau était amarré, les pêcheurs montaient les paniers de sardines, qui avaient des reflets d'argent au soleil, des bleus et des roses de saphir et de rubis pâles. Alors, le jeune homme fournissait toujours les mêmes explications :

chaque panier contenait mille sardines, le mille[1] valait un prix fixé chaque matin selon l'abondance de la pêche, les pêcheurs partageaient le produit de la vente, après avoir abandonné un tiers pour le propriétaire du bateau. Et il y avait encore la salaison[2] qui se faisait tout de suite, dans des caisses de bois percées de trous, pour laisser l'eau de la saumure[3] s'égoutter. Cependant, peu à peu, Estelle et son compagnon négligèrent les sardines. Ils allaient encore les voir, mais ils ne les regardaient plus. Ils partaient en courant, revenaient avec une lenteur lasse, en contemplant silencieusement la mer.

« Est-ce que la sardine est belle ? leur demandait chaque fois M. Chabre, au retour.

— Oui, très belle », répondaient-ils.

Enfin le dimanche soir, on avait à Piriac le spectacle d'un bal en plein air. Les gars et les filles du pays, les mains nouées, tournaient pendant des heures, en répétant le même vers, sur le même ton sourd et fortement rythmé. Ces grosses voix, ronflant au fond du crépuscule, prenaient à la longue un charme barbare. Estelle, assise sur la plage, ayant à ses pieds Hector, écoutait, se perdait bientôt dans une rêverie. La mer montait,

1. Ensemble de mille unités.

2. Opération consistant à saler les poissons pour les conserver.

3. Liquide de conservation constitué par le suc des poissons et par le sel dont ils ont été imprégnés.

avec un large bruit de caresse. On aurait dit une voix de passion, quand la vague battait le sable ; puis, cette voix s'apaisait tout d'un coup, et le cri se mourait avec l'eau qui se retirait, dans un murmure plaintif d'amour dompté. La jeune femme rêvait d'être aimée ainsi, par un géant dont elle aurait fait un petit garçon.

« Tu dois t'ennuyer à Piriac, ma bonne », demandait parfois M. Chabre à sa femme.

Et elle se hâtait de répondre :

« Mais non, mon ami, je t'assure. »

Elle s'amusait, dans ce trou perdu. Les oies, les cochons, les sardines prenaient une importance extrême. Le petit cimetière était très gai. Cette vie endormie, cette solitude peuplée seulement de l'épicier de Nantes et du notaire sourd de Guérande, lui semblait plus tumultueuse que l'existence bruyante des plages à la mode. Au bout de quinze jours, M. Chabre, qui s'ennuyait à mourir, voulut rentrer à Paris. L'effet des coquillages, disait-il, devait être produit. Mais elle se récria.

« Oh ! mon ami, tu n'en as pas mangé assez… Je sais bien, moi, qu'il t'en faut encore. »

IV

Un soir, Hector dit au ménage :

« Nous aurons demain une grande marée… On pourrait aller pêcher des crevettes. »

La proposition parut ravir Estelle. Oui, oui, il fallait aller pêcher des crevettes ! Depuis longtemps, elle se promettait cette partie [1]. M. Chabre éleva des objections. D'abord, on ne prenait jamais rien. Ensuite, il était plus simple d'acheter, pour une pièce de vingt sous, la pêche de quelque femme du pays, sans se mouiller jusqu'aux reins et s'écorcher les pieds. Mais il dut céder devant l'enthousiasme de sa femme. Et les préparatifs furent considérables.

Hector s'était chargé de fournir les filets. M. Chabre, malgré sa peur de l'eau froide, avait déclaré qu'il serait de la partie ; et, du moment qu'il consentait à pêcher, il entendait pêcher sérieusement. Le matin, il fit graisser une paire de bottes. Puis, il s'habilla entièrement de toile claire ; mais sa femme ne put obtenir qu'il négligeât son nœud de cravate, dont il étala les bouts, comme s'il se rendait à un mariage. Ce nœud était sa

1. Excursion, sortie organisée en commun.

protestation d'homme comme il faut contre le débraillé de l'Océan. Quant à Estelle, elle mit simplement son costume de bain, par-dessus lequel elle passa une camisole [1]. Hector, lui aussi, était en costume de bain.

Tous trois partirent vers deux heures. Chacun portait son filet sur l'épaule. On avait une demi-lieue à marcher au milieu des sables et des varechs [2], pour se rendre à une roche où Hector disait connaître de véritables bancs de crevettes. Il conduisit le ménage, tranquille, traversant les flaques, allant droit devant lui sans s'inquiéter des hasards du chemin. Estelle le suivait gaillardement, heureuse de la fraîcheur de ces terrains mouillés, dans lesquels ses petits pieds pataugeaient. M. Chabre, qui venait le dernier, ne voyait pas la nécessité de tremper ses bottes, avant d'être arrivé sur le lieu de la pêche. Il faisait avec conscience le tour des mares, sautait les ruisseaux que les eaux descendantes se creusaient dans le sable, choisissait les endroits secs, avec cette allure prudente et balancée d'un Parisien qui chercherait la pointe des pavés de la rue Vivienne, un jour de boue. Il soufflait déjà, il demandait à chaque instant :

« C'est donc bien loin, Monsieur Hector ?... Tenez ! pourquoi ne pêchons-nous pas là ? Je vois des crevettes,

1. Veste légère et courte, à manches, que les femmes portaient sur leur chemise de nuit ou dans l'intimité.

2. Algues.

je vous assure… D'ailleurs, il y en a partout dans la mer, n'est-ce pas ? et je parie qu'il suffit de pousser son filet.

— Poussez, poussez, Monsieur Chabre », répondait Hector.

Et M. Chabre, pour respirer, donnait un coup de filet dans une mare grande comme la main. Il ne prenait rien, pas même une herbe, tant le trou d'eau était vide et clair. Alors, il se remettait en marche d'un air digne, les lèvres pincées. Mais, comme il perdait du chemin à vouloir prouver qu'il devait y avoir des crevettes partout, il finissait par se trouver considérablement en arrière.

La mer baissait toujours, se reculait à plus d'un kilomètre des côtes. Le fond de galets et de roches se vidait, étalant à perte de vue un désert mouillé, raboteux [1], d'une grandeur triste, pareil à un large pays plat qu'un orage aurait dévasté. On ne voyait, au loin, que la ligne verte de la mer, s'abaissant encore, comme si la terre l'avait bue ; tandis que des rochers noirs, en longues bandes étroites, surgissaient, allongeaient lentement des promontoires dans l'eau morte. Estelle, debout, regardait cette immensité nue.

« Que c'est grand ! » murmura-t-elle.

Hector lui désignait du doigt certains rochers, des blocs verdis, formant des parquets usés par la houle.

---

1. Plein d'aspérités.

« Celui-ci, expliquait-il, ne se découvre que deux fois chaque mois. On va y chercher des moules... Apercevez-vous là-bas cette tache brune ? Ce sont les Vaches-Rousses, le meilleur endroit pour les homards. On les voit seulement aux deux grandes marées de l'année... Mais dépêchons-nous. Nous allons à ces roches dont la pointe commence à se montrer. »

Lorsque Estelle entra dans la mer, ce fut une joie. Elle levait les pieds très haut, les tapait fortement, en riant du rejaillissement de l'écume. Puis, quand elle eut de l'eau jusqu'aux genoux, il lui fallut lutter contre le flot ; et cela l'égayait de marcher vite, de sentir cette résistance, ce glissement rude et continu qui fouettait ses jambes.

« N'ayez pas peur, disait Hector, vous allez avoir de l'eau jusqu'à la ceinture, mais le fond remonte ensuite... Nous arrivons. »

Peu à peu, ils remontèrent en effet. Ils avaient traversé un petit bras de mer, et se trouvaient maintenant sur une large plaque de rochers que le flot découvrait. Lorsque la jeune femme se retourna, elle poussa un léger cri, tant elle était loin du bord. Piriac, tout là-bas, au ras de la côte, alignait les quelques taches de ses maisons blanches et la tour carrée de son église, garnie de volets verts. Jamais elle n'avait vu une pareille étendue, rayée sous le grand soleil par l'or des sables, la verdure sombre des algues, les tons mouillés et éclatants des roches. C'était comme la fin de la terre, le champ de ruines où le néant commençait.

Estelle et Hector s'apprêtaient à donner leur premier coup de filet, quand une voix lamentable se fit entendre. M. Chabre, planté au milieu du petit bras de mer, demandait son chemin.

« Par où passe-t-on ? criait-il. Dites, est-ce tout droit ? »

L'eau lui montait à la ceinture, il n'osait hasarder un pas, terrifié par la pensée qu'il pouvait tomber dans un trou et disparaître.

« À gauche ! » lui cria Hector.

Il avança à gauche ; mais, comme il enfonçait toujours, il s'arrêta de nouveau, saisi, n'ayant même plus le courage de retourner en arrière. Il se lamentait.

« Venez me donner la main. Je vous assure qu'il y a des trous. Je les sens.

— À droite ! Monsieur Chabre, à droite ! » cria Hector.

Et le pauvre homme était si drôle, au milieu de l'eau, avec son filet sur l'épaule et son beau nœud de cravate, qu'Estelle et Hector ne purent retenir un léger rire. Enfin, il se tira d'affaire. Mais il arriva très ému, et il dit d'un air furieux :

« Je ne sais pas nager, moi ! »

Ce qui l'inquiétait maintenant, c'était le retour. Quand le jeune homme lui eut expliqué qu'il ne fallait pas se laisser prendre sur le rocher par la marée montante, il redevint anxieux.

« Vous me préviendrez, n'est-ce pas ?

— N'ayez pas peur, je réponds de vous. »

Alors, ils se mirent tous les trois à pêcher. De leurs filets étroits, ils fouillaient les trous. Estelle y apportait une passion de femme. Ce fut elle qui prit les premières crevettes, trois grosses crevettes rouges, qui sautaient violemment au fond du filet. Avec de grands cris, elle appela Hector pour qu'il l'aidât, car ces bêtes si vives l'inquiétaient ; mais, quand elle vit qu'elles ne bougeaient plus, dès qu'on les tenait par la tête, elle s'aguerrit, les glissa très bien elle-même dans le petit panier qu'elle portait en bandoulière. Parfois, elle amenait tout un paquet d'herbes, et il lui fallait fouiller là-dedans, lorsqu'un bruit sec, un petit bruit d'ailes, l'avertissait qu'il y avait des crevettes au fond. Elle triait les herbes délicatement, les rejetant par minces pincées, peu rassurée devant cet enchevêtrement d'étranges feuilles, gluantes et molles comme des poissons morts. De temps à autre, elle regardait dans son panier, impatiente de le voir se remplir.

« C'est particulier, répétait M. Chabre, je n'en pêche pas une. »

Comme il n'osait se hasarder entre les fentes des rochers, très gêné d'ailleurs par ses grandes bottes qui s'étaient emplies d'eau, il poussait son filet sur le sable et n'attrapait que des crabes, cinq, huit, dix crabes à la fois. Il en avait une peur affreuse, il se battait avec eux, pour les chasser de son filet. Par moments, il se retournait, regardait avec anxiété si la mer descendait toujours.

« Vous êtes sûr qu'elle descend ? » demandait-il à Hector.

Celui-ci se contentait de hocher la tête. Lui, pêchait en gaillard qui connaissait les bons endroits. Aussi, à chaque coup, amenait-il des poignées de crevettes. Quand il levait son filet à côté d'Estelle, il mettait sa pêche dans le panier de la jeune femme. Et elle riait, clignait les yeux du côté de son mari, posant un doigt sur ses lèvres. Elle était charmante, courbée sur le long manche de bois ou bien penchant sa tête blonde au-dessus du filet, tout allumée de la curiosité de savoir ce qu'elle avait pris. Une brise soufflait, l'eau qui s'égouttait des mailles s'en allait, en pluie, la mettait dans une rosée, tandis que son costume, s'envolant et plaquant sur elle, dessinait l'élégance de son fin profil.

Depuis près de deux heures, ils pêchaient ainsi, lorsqu'elle s'arrêta pour respirer un instant, essoufflée, ses petits cheveux fauves trempés de sueur. Autour d'elle, le désert restait immense, d'une paix souveraine ; seule, la mer prenait un frisson, avec une voix murmurante qui s'enflait. Le ciel, embrasé par le soleil de quatre heures, était d'un bleu pâle, presque gris ; et, malgré ce ton décoloré de fournaise, la chaleur ne se sentait pas, une fraîcheur montait de l'eau, balayait et blanchissait la clarté crue. Mais ce qui amusa Estelle, ce fut de voir à l'horizon, sur tous les rochers, une multitude de points qui se détachaient en noir, très nettement. C'étaient, comme eux, des pêcheurs de crevettes, d'une finesse de silhouette incroyable, pas plus gros que des fourmis, ridicules de néant dans cette immensité, et dont on distinguait les moindres attitudes, la ligne arrondie du dos, quand ils poussaient leurs filets, ou les bras tendus et gesticulants, pareils à des pattes fiévreuses de mouche, lorsqu'ils triaient leur pêche, en se battant contre les herbes et les crabes.

« Je vous assure qu'elle monte ! cria M. Chabre avec angoisse. Tenez ! ce rocher tout à l'heure était découvert.

— Sans doute elle monte, finit par répondre Hector impatienté. C'est justement lorsqu'elle monte qu'on prend le plus de crevettes. »

Mais M. Chabre perdait la tête. Dans son dernier coup de filet, il venait d'amener un poisson étrange, un diable de mer [1], qui le terrifiait, avec sa tête de monstre. Il en avait assez.

« Allons-nous-en ! Allons-nous-en ! répétait-il. C'est bête de faire des imprudences.

— Puisqu'on te dit que la pêche est meilleure quand la mer monte ! répondait sa femme.

---

1. Il s'agit de la baudroie commune, ou lotte, poisson doté d'une énorme tête qui lui donne l'apparence d'un crapaud géant.

— Et elle monte ferme ! » ajoutait à demi-voix Hector, les yeux allumés d'une lueur de méchanceté.

En effet, les vagues s'allongeaient, mangeaient les rochers avec une clameur plus haute. Des flots brusques envahissaient d'un coup toute une langue de terre. C'était la mer conquérante, reprenant pied à pied le domaine qu'elle balayait de sa houle depuis des siècles. Estelle avait découvert une mare plantée de longues herbes, souples comme des cheveux, et elle y prenait des crevettes énormes, s'ouvrant un sillon, laissant derrière elle la trouée d'un faucheur. Elle se débattait, elle ne voulait pas qu'on l'arrachât de là.

« Tant pis ! je m'en vais ! s'écria M. Chabre, qui avait des larmes dans la voix. Il n'y a pas de bon sens, nous allons tous y rester. »

Il partit le premier, sondant avec désespoir la profondeur des trous, à l'aide du manche de son filet. Quand il fut à deux ou trois cents pas, Hector décida enfin Estelle à le suivre.

« Nous allons avoir de l'eau jusqu'aux épaules, disait-il en souriant. Un vrai bain pour M. Chabre... Voyez déjà comme il enfonce ! »

Depuis le départ, le jeune homme avait la mine sournoise et préoccupée d'un amoureux qui s'est promis de lâcher une déclaration et qui n'en trouve pas le courage. En mettant des crevettes dans le panier d'Estelle, il avait bien tâché de rencontrer ses doigts. Mais, évidemment, il était furieux de son peu d'audace. Et M. Chabre se serait noyé, qu'il aurait trouvé cela charmant, car pour la première fois M. Chabre le gênait.

« Vous ne savez pas ? dit-il tout d'un coup, vous devriez monter sur mon dos, et je vous porterai... Autrement, vous allez être trempée... Hein ? montez donc ! »

Il lui tendait l'échine. Elle refusait, gênée et rougissante. Mais il la bouscula, en criant qu'il était responsable de sa santé. Et elle monta, elle posa les deux mains sur les épaules du jeune homme. Lui, solide comme un roc, redressant l'échine, semblait avoir un oiseau sur son cou. Il lui dit de bien se tenir, et s'avança à grandes enjambées dans l'eau.

« C'est à droite, n'est-ce pas ? Monsieur Hector, criait la voix lamentable de M. Chabre, dont le flot battait déjà les reins.

— Oui, à droite, toujours à droite. »

Alors, comme le mari tournait le dos, grelottant de peur en sentant la mer lui monter aux aisselles, Hector se risqua, baisa une des petites mains qu'il avait sur les épaules. Estelle voulut les retirer, mais il lui dit de ne pas bouger, ou qu'il ne répondait de rien. Et il se remit à couvrir les mains de baisers. Elles étaient fraîches et salées, il buvait sur elles les voluptés amères de l'Océan.

« Je vous en prie, laissez-moi, répétait Estelle, en affectant un air courroucé. Vous abusez étrangement... Je saute dans l'eau, si vous recommencez. »

Il recommençait, et elle ne sautait pas. Il la serrait étroitement aux chevilles, il lui dévorait toujours les mains, sans dire une parole, guettant seulement ce qu'on voyait encore du dos de M. Chabre, un reste de dos tragique qui manquait de sombrer à chaque pas.

« Vous dites à droite ? implora le mari.

— À gauche, si vous voulez ! »

M. Chabre fit un pas à gauche et poussa un cri. Il venait de s'enfoncer jusqu'au cou, son nœud de cravate se noyait. Hector, tout à l'aise, lâcha son aveu.

« Je vous aime, Madame…

— Taisez-vous, Monsieur, je vous l'ordonne.

— Je vous aime, je vous adore… Jusqu'à présent, le respect m'a fermé la bouche… »

Il ne la regardait pas, il continuait ses longues enjambées, avec de l'eau jusqu'à la poitrine. Elle ne put retenir un grand rire, tant la situation lui sembla drôle.

« Allons, taisez-vous, reprit-elle maternellement, en lui donnant une claque sur l'épaule. Soyez sage et ne versez pas [1] surtout ! »

Cette claque remplit Hector d'enchantement : c'était signé. Et, comme le mari restait en détresse :

« Tout droit maintenant ! » lui cria gaiement le jeune homme.

Quand ils furent arrivés sur la plage, M. Chabre voulut commencer une explication.

---

1. Ne me faites pas tomber.

« J'ai failli y rester, ma parole d'honneur ! bégaya-t-il. Ce sont mes bottes… »

Mais Estelle ouvrit son panier et le lui montra plein de crevettes.

« Comment ? tu as pêché tout ça ! s'écria-t-il stupéfait. Tu pêches joliment !

— Oh ! dit-elle, souriante, en regardant Hector, Monsieur m'a montré. »

V

Les Chabre ne devaient plus passer que deux jours à Piriac. Hector semblait consterné, furieux et humble pourtant. Quant à M. Chabre, il interrogeait sa santé chaque matin et se montrait perplexe.

« Vous ne pouvez pas quitter la côte sans avoir vu les rochers du Castelli, dit un soir Hector. Il faudrait organiser pour demain une promenade. »

Et il donna des explications. Les rochers se trouvaient à un kilomètre seulement. Ils longeaient la mer sur une demi-lieue d'étendue, creusés de grottes, effondrés par les vagues. À l'entendre, rien n'était plus sauvage.

« Eh bien ! nous irons demain, finit par dire Estelle. La route est-elle difficile ?

— Non, il y a deux ou trois passages où l'on se mouille les pieds, voilà tout. »

Mais M. Chabre ne voulait plus même se mouiller les pieds. Depuis son bain de la pêche aux crevettes, il nourrissait contre la mer une rancune. Aussi se montra-t-il très hostile à ce projet de promenade. C'était ridicule d'aller se risquer ainsi ; lui, d'abord, ne descendrait pas au milieu de ces rochers, car il n'avait point envie de se casser les jambes, en sautant comme une chèvre ; il les accompagnerait par le haut de la falaise, s'il le fallait absolument ; et encore faisait-il là une grande concession !

Hector, pour le calmer, eut une inspiration soudaine.

« Écoutez, dit-il, vous passerez devant le sémaphore [1] du Castelli. Eh bien ! vous pourrez entrer et acheter des coquillages aux hommes du télégraphe… Ils en ont toujours de superbes, qu'ils donnent presque pour rien.

— Ça, c'est une idée, reprit l'ancien marchand de grains, remis en belle humeur… J'emporterai un petit panier, je m'en bourrerai encore une fois… »

Et, se tournant vers sa femme, avec une intention gaillarde :

« Dis, ce sera peut-être la bonne ! »

Le lendemain, il fallut attendre la marée basse pour se mettre en marche. Puis, comme Estelle n'était pas prête, on s'attarda, on ne partit qu'à cinq heures du soir. Hector affirmait pourtant qu'on ne serait pas gagné par la haute mer. La jeune femme avait ses pieds nus dans des bottines de coutil [2]. Elle portait gaillardement une robe de toile grise, très courte, qu'elle relevait et qui découvrait ses fines chevilles. Quant à M. Chabre, il était correctement en pantalon blanc et

1. Sur une côte, poste servant à transmettre des signaux aux navires.
2. Toile épaisse faite de chanvre, de lin ou de coton.

en paletot d'alpaga [1]. Il avait pris son ombrelle et il tenait un petit panier, de l'air convaincu d'un bourgeois parisien allant faire lui-même son marché.

La route fut pénible pour arriver aux premières roches. On marchait sur une plage de sable mouvant, dans laquelle les pieds entraient. L'ancien marchand de grains soufflait comme un bœuf.

« Eh bien ! je vous laisse, je monte là-haut, dit-il enfin.

— C'est cela, prenez ce sentier, répondit Hector. Plus loin, vous seriez bloqué… Vous ne voulez pas qu'on vous aide ? »

Et ils le regardèrent gagner le sommet de la falaise. Lorsqu'il y fut, il ouvrit son ombrelle et balança son panier, en criant :

« J'y suis, on est mieux là !… Et pas d'imprudence, n'est-ce pas ? D'ailleurs, je vous surveille. »

Hector et Estelle s'engagèrent au milieu des roches. Le jeune homme, chaussé de hautes bottines, marchait le premier, sautait de pierre en pierre avec la grâce forte et l'adresse d'un chasseur de montagnes. Estelle, très hardie, choisissait les mêmes pierres ; et lorsqu'il se retournait, pour lui demander :

« Voulez-vous que je vous donne la main ?

— Mais non, répondait-elle. Vous me croyez donc une grand-mère ! »

---

1. Vêtement de dessus, court, dans une étoffe à base de laine d'alpaga (mammifère proche du lama), ou de laine et de soie.

Ils étaient alors sur un vaste parquet de granit, que la mer avait usé, en le creusant de sillons profonds. On aurait dit les arêtes de quelque monstre perçant le sable, mettant au ras du sol la carcasse de ses vertèbres disloquées. Dans les creux, des filets d'eau coulaient, des algues noires retombaient comme des chevelures. Tous deux continuaient à sauter, restant en équilibre par instants, éclatant de rire quand un caillou roulait.

« On est comme chez soi, répétait gaiement Estelle. On les mettrait dans son salon, vos rochers !

— Attendez, attendez ! disait Hector. Vous allez voir. »

Ils arrivaient à un étroit passage, à une sorte de fente, qui bâillait entre deux énormes blocs. Là, dans une cuvette, il y avait une mare, un trou d'eau qui bouchait le chemin.

« Mais jamais je ne passerai ! » s'écria la jeune femme.

Lui, proposa de la porter. Elle refusa d'un long signe de tête : elle ne voulait plus être portée. Alors, il chercha partout de grosses pierres, il essaya d'établir un pont. Les pierres glissaient, tombaient au fond de l'eau.

« Donnez-moi la main, je vais sauter », finit-elle par dire, prise d'impatience.

Et elle sauta trop court, un de ses pieds resta dans la mare. Cela les fit rire. Puis, comme ils sortaient de l'étroit passage, elle laissa échapper un cri d'admiration.

Une crique se creusait, emplie d'un écroulement gigantesque de roches. Des blocs énormes se tenaient debout, comme des sentinelles avancées, portées au milieu des vagues. Le long des falaises, les gros temps [1] avaient mangé la terre, ne laissant que les masses dénudées du granit ; et c'étaient des baies enfoncées entre des promontoires, des détours brusques déroulant des salles intérieures, des bancs de marbre noirâtre allongés sur le sable, pareils à de grands poissons échoués. On aurait dit une ville cyclopéenne [2] prise d'assaut et dévastée par la mer, avec ses remparts renversés, ses tours à demi démolies, ses édifices culbutés les uns sur les autres. Hector fit visiter à la jeune femme les moindres recoins de cette ruine des tempêtes. Elle marchait sur des sables fins et jaunes comme une poudre d'or, sur des galets que des paillettes de mica [3] allumaient au soleil, sur des éboulements de rocs où elle devait par moments s'aider de ses deux mains, pour ne pas rouler dans les trous. Elle passait sous des portiques naturels, sous des arcs de triomphe qui affectaient le plein cintre [4] de l'art roman et l'ogive [5] élancée de l'art

1. Intempéries.
2. Gigantesque.
3. Roche brillante.
4. Courbure en demi-cercle, sans brisure.
5. Arcade constituée de deux arcs de cercle formant un angle plus ou moins aigu.

gothique. Elle descendait dans des creux pleins de fraîcheur, au fond de déserts de dix mètres carrés, amusée par les chardons bleuâtres et les plantes grasses d'un vert sombre qui tachaient les murailles grises des falaises, intéressée par des oiseaux de mer familiers, de petits oiseaux bruns, volant à la portée de sa main, avec un léger cri cadencé et continu. Et ce qui l'émerveillait surtout, c'était, du milieu des roches, de se retourner et de retrouver toujours la mer, dont la ligne bleue reparaissait et s'élargissait entre chaque bloc, dans sa grandeur tranquille.

« Ah ! vous voilà ! cria M. Chabre du haut de la falaise. J'étais inquiet, je vous avais perdus… Dites donc, c'est effrayant, ces gouffres ! »

Il était à six pas du bord, prudemment, abrité par son ombrelle, son panier passé au bras. Il ajouta :

« Elle monte joliment vite, prenez garde !

— Nous avons le temps, n'ayez pas peur », répondit Hector.

Estelle, qui s'était assise, restait sans paroles devant l'immense horizon. En face d'elle, trois piliers de granit, arrondis par le flot, se dressaient, pareils aux colonnes géantes d'un temple détruit. Et, derrière, la haute mer s'étendait sous la lumière dorée de six heures, d'un bleu de roi pailleté d'or. Une petite voile, très loin, entre deux des piliers, mettait une tache d'un blanc éclatant, comme une aile de mouette rasant l'eau. Du ciel pâle, la sérénité prochaine du crépuscule tombait déjà. Jamais Estelle ne s'était sentie pénétrée d'une volupté si vaste et si tendre.

« Venez », lui dit doucement Hector, en la touchant de la main.

Elle tressaillit, elle se leva, prise de langueur et d'abandon.

« C'est le sémaphore, n'est-ce pas, cette maisonnette avec ce mât ? cria M. Chabre. Je vais chercher des coquillages, je vous rattraperai. »

Alors, Estelle, pour secouer la paresse molle dont elle était envahie, se mit à courir comme une enfant. Elle enjambait les flaques, elle s'avançait vers la mer, saisie du caprice de monter au sommet d'un entassement de rocs, qui devait former une île, à marée haute. Et, lorsque, après une ascension laborieuse au milieu des crevasses, elle atteignit le sommet, elle se hissa sur la pierre la plus élevée, elle fut heureuse de dominer la dévastation tragique de la côte. Son mince profil se détachait dans l'air pur, sa jupe claquait au vent ainsi qu'un drapeau.

Et, en redescendant, elle se pencha sur tous les trous qu'elle rencontra. C'étaient, dans les moindres cavités, de petits lacs tranquilles et dormants, des eaux d'une limpidité parfaite, dont les clairs miroirs réfléchissaient le ciel. Au fond, des herbes d'un vert d'émeraude plantaient des forêts romantiques. Seuls, de gros crabes noirs sautaient, pareils à des grenouilles, et disparaissaient, sans même troubler l'eau. La jeune femme restait rêveuse, comme si elle eût fouillé du regard des pays mystérieux, de vastes contrées inconnues et heureuses.

Quand ils furent revenus au pied des falaises, elle s'aperçut que son compagnon avait empli son mouchoir d'arapèdes.

« C'est pour M. Chabre, dit-il. Je vais les lui monter. »

Justement, M. Chabre arrivait désolé.

« Ils n'ont pas seulement une moule au sémaphore, cria-t-il. Je ne voulais pas venir, j'avais raison. »

Mais, lorsque le jeune homme lui eut montré de loin les arapèdes, il se calma. Et il resta stupéfié de l'agilité avec laquelle celui-ci grimpait, par un chemin connu de lui seul, le long d'une roche qui semblait lisse comme une muraille. La descente fut plus audacieuse encore.

« Ce n'est rien, disait Hector, un vrai escalier ; seulement, il faut savoir où sont les marches. »

M. Chabre voulait qu'on retournât en arrière, la mer devenait inquiétante. Et il suppliait sa femme de remonter au moins, de chercher un petit chemin commode. Le jeune homme riait, en répondant qu'il n'y avait point de chemin pour les dames, qu'il fallait maintenant aller jusqu'au bout. D'ailleurs, ils n'avaient pas vu les grottes. Alors, M. Chabre dut se remettre à suivre la crête des falaises. Comme le soleil se couchait, il ferma son ombrelle et s'en servit en guise de canne. De l'autre main, il portait son panier d'arapèdes.

« Vous êtes lasse ? demanda doucement Hector.

— Oui, un peu », répondit Estelle.

Elle accepta son bras. Elle n'était point lasse, mais un abandon délicieux l'envahissait de plus en plus. L'émotion qu'elle venait d'éprouver, en voyant le jeune homme suspendu au flanc des roches, lui avait laissé un tremblement intérieur. Ils s'avancèrent avec lenteur sur une grève [1] ; sous leurs pieds, le gravier, fait de débris de coquillages, criait comme dans les allées d'un jardin ; et ils ne parlaient plus. Il lui montra deux larges fissures, le *Trou du Moine Fou* et la *Grotte du Chat*. Elle entra, leva les yeux, eut seulement un petit frisson. Quand ils reprirent leur marche, le long d'un beau sable fin, ils se regardèrent, ils restèrent encore muets et souriants. La mer montait, par courtes lames [2] bruissantes, et ils ne l'entendaient pas. M. Chabre, au-dessus d'eux, se mit à crier, et ils ne l'entendirent pas davantage.

« Mais c'est fou ! répétait l'ancien marchand de grains, en agitant son ombrelle et son panier d'arapèdes. Estelle !... Monsieur Hector !... Écoutez donc ! Vous allez être gagnés ! Vous avez déjà les pieds dans l'eau ! »

Eux ne sentaient point la fraîcheur des petites vagues.

« Hein ? qu'y a-t-il ? finit par murmurer la jeune femme.

1. Plage.
2. Vagues.

L'EAU
et ses vertus hygiéniques

Publicité de la source Cachat, début du XXe siècle.

À l'origine de l'engouement pour les bains de mer, le thermalisme joue un rôle important. Déjà connu dans l'Antiquité, il se développe de façon spectaculaire aux XVIIIe et XIXe siècles et exploite les vertus thérapeutiques des eaux minérales. Préconisée dans le traitement des rhumatismes, des maladies respiratoires, des pathologies nerveuses ou encore des affections dermatologiques, la cure thermale peut consister en un régime de bains, de douches, de pulvérisations et de massages (hydrothérapie externe) ou de boissons et d'inhalation d'eaux finement vaporisées (hydrothérapie interne). Aix-les-Bains, Vichy, Luchon ou encore Évian comptent parmi les stations thermales les plus réputées. Sous le Second Empire et pendant la IIIe République, elles accueillent en nombre une clientèle aisée et cosmopolite.

Le bain à la lame

ou les débuts de la balnéothérapie

Bains de mer, à Trouville, v. 1900.

La mode du bain de mer apparaît à la fin du XVIIIe siècle en Angleterre et connaît son plein essor en France au cours du XIXe siècle. Les vertus de l'eau de mer sont exploitées sur le modèle de la cure thermale avec la pratique du « bain à la lame », qui consiste à s'immerger quelques instants dans une mer agitée. La froideur, la salinité et la turbulence de l'eau sont réputées antiseptiques, diurétiques et apaisantes. Cette pratique balnéothérapique est très encadrée : on ne se baigne « à la lame » que sous la surveillance d'un baigneur-juré – l'ancêtre de notre maître-nageur –, de préférence dans l'après-midi et à marée montante, afin de profiter de l'action roborative des vagues, et le long d'une corde fixée à des pieux, qui offre un point d'appui aux baigneurs et sépare les hommes des femmes.

La pêche aux coquillages

« Il se bourrait de coquillages, matin et soir, avec une conviction d'homme qui s'administre une médecine »
(« Les Coquillages de monsieur Chabre », p. 35).

© Costa / Leemage

Pêcheur montrant à une mère et sa fillette un gros crabe ; gravure de 1880.

Les bienfaits maritimes sont également alimentaires. Dès le XVIIIe siècle, médecins et hygiénistes célèbrent les vertus fécondantes de la mer et de ses richesses. Plonger dans les vagues et suivre une cure de poissons et de coquillages sont deux prescriptions souvent faites aux personnes souffrant de troubles de la fertilité. Si une invincible répugnance empêche monsieur Chabre de se conformer à la première, du moins suit-il la seconde avec un zèle scrupuleux.

Pêche à la crevette, à Asnelles (Calvados), v. 1900.

Avec le développement du tourisme balnéaire, les vacanciers sont amenés à observer les modes de vie des autochtones et leur exploitation des ressources maritimes. La pêche qui se pratique au large, en bateau, ou sur l'estran, à pied, est une activité pittoresque qui suscite la curiosité. Munis de filets et d'épuisettes, les touristes s'y adonnent à leur tour et ramassent à foison crevettes, palourdes et oursins.

L'INVENTION DE LA PLAGE

Affiche de tourisme des Chemins de fer du Nord, 1905.

À la faveur de ce discours médical, des lieux de villégiature se développent sur le littoral européen : les stations balnéaires s'implantent sur le rivage, là où les plages facilitent l'accès à la mer et où l'absence d'embouchure préserve la qualité et le mouvement de l'eau.

En France, ce sont les côtes normandes et atlantiques qui, bien avant la *riviera* méditerranéenne, voient fleurir les premiers établissements de bain : Boulogne et Dieppe d'abord, puis les Sables d'Olonne, Trouville, Biarritz et Arcachon. L'essor du chemin de fer, entre 1850 et 1870, contribue au succès touristique de ces stations, dont certaines, à l'origine, n'étaient que de modestes villages.

La clientèle triple ou quadruple dans les lieux de villégiature reliés, par voie de chemin de fer, à la capitale. Dans le sillage de ce progrès technique se développent la littérature de voyage et les premiers guides touristiques, qui regorgent d'informations pratiques à destination des curistes voyageurs.

Bains de mer, à Boulogne-sur-Mer, v. 1890 - 1900.

On aménage les plages pour le confort et la décence des baigneurs : des cabines de bain permettent de se changer et des abris roulants emmènent le baigneur jusqu'au milieu des vagues.

La plage à l'heure du bain, à Deauville v. 1900.

Lieu d'épanouissement des corps, la plage, avec ses acteurs costumés et ses spectateurs attentifs, devient un véritable théâtre social propice aux intrigues amoureuses et familiales. Un incessant ballet d'hommes et de femmes en tenues de plage anime l'espace de la jetée et du rivage.

Les nouveaux plaisirs du corps

La nage est une pratique tardive qui se développe à la faveur d'une conception moins hygiéniste du tourisme balnéaire. Peu à peu, les froids rivages de la Manche et de l'Atlantique sont concurrencés par les attraits du littoral méditerranéen. La chaleur ambiante favorise de plus longs séjours dans l'eau et le plaisir du bain supplante la rigueur de l'immersion brutale dans les courants froids. La natation devient un apprentissage naturel.

«La leçon de natation», couverture du *Soleil du dimanche*, août 1898.

Couverture du *Figaro illustré*, v. 1895.

«D'une hardiesse garçonnière, elle se baignait pendant des heures, ce qui consternait son mari, car il croyait décent de l'attendre sur le bord» (« Les Coquillages de monsieur Chabre », p. 25).

«Son costume de bain sans jupe, fait d'une seule pièce, dessinait sa haute taille ; et la longue ceinture bleue qui lui ceignait les reins la cambrait, les hanches balancées d'un mouvement rythmique» (ibid.).

Du côté de Guérande

Aux antipodes de ces stations balnéaires à la mode, Zola choisit pour décor de sa comédie conjugale une Bretagne primitive, rurale et presque féodale, comme celle que Balzac a admirablement décrite dans son roman *Béatrix*. Les Chabre, réplique touristique des époux Bovary imaginés par Flaubert, y campent un vaudeville teinté de burlesque auquel l'ambiance marine et le folklore local donnent tout leur sel.

« Pour occuper l'après-midi, le ménage visita Guérande. […] M. Chabre garda son opinion : décidément, c'était un trou, sans le moindre commerce, une de ces vieilleries du Moyen Âge » *(« Les Coquillages de monsieur Chabre », p. 19).*

« Estelle restait songeuse, en face de l'admirable horizon qui s'étendait à des lieues, au-delà des toitures du faubourg : […] le désert des marais salants, l'immense plaine nue, avec les miroirs des bassins carrés et les blancheurs des petits tas de sel […] » *(« Les Coquillages de monsieur Chabre », p. 21-22).*

— Ah ! c'est vous, monsieur Chabre ! dit le jeune homme. Ça ne fait rien, n'ayez pas peur… Nous n'avons plus à voir que la *Grotte à Madame.* »

M. Chabre eut un geste de désespoir, en ajoutant :

« C'est de la démence ! Vous allez vous noyer. »

Ils ne l'écoutaient déjà plus. Pour échapper à la marée croissante, ils s'avancèrent le long des rochers, et arrivèrent enfin à la *Grotte à Madame.* C'était une excavation creusée dans un bloc de granit, qui formait promontoire. La voûte, très élevée, s'arrondissait en large dôme. Pendant les tempêtes, le travail des eaux avait donné aux murs un poli et un luisant d'agate [1]. Des veines roses et bleues, dans la pâte sombre du roc, dessinaient des arabesques d'un goût magnifique et barbare, comme si des artistes sauvages eussent décoré cette salle de bains des reines de la mer. Les graviers du sol, mouillés encore, gardaient une transparence qui les faisait ressembler à un lit de pierres précieuses. Au fond, il y avait un banc de sable, doux et sec, d'un jaune pâle, presque blanc.

Estelle s'était assise sur le sable. Elle examinait la grotte.

« On vivrait là », murmura-t-elle.

Mais Hector, qui paraissait guetter la mer depuis un instant, affecta brusquement une consternation.

---

1. Pierre précieuse, semi-transparente, aux teintes variées.

« Ah ! mon Dieu ! nous sommes pris ! Voilà le flot qui nous a coupé le chemin… Nous en avons pour deux heures à attendre. »

Il sortit, chercha M. Chabre, en levant la tête. M. Chabre était sur la falaise, juste au-dessus de la grotte, et quand le jeune homme lui eut annoncé qu'ils étaient bloqués :

« Qu'est-ce que je vous disais ? cria-t-il triomphalement, mais vous ne voulez jamais m'écouter… Y a-t-il quelque danger ?

— Aucun, répondit Hector. La mer n'entre que de cinq ou six mètres dans la grotte. Seulement, ne vous inquiétez pas, nous ne pourrons en sortir avant deux heures. »

M. Chabre se fâcha. Alors, on ne dînerait pas ? Il avait déjà faim, lui ! c'était une drôle de partie tout de même ! Puis, en grognant, il s'assit sur l'herbe courte, il mit son ombrelle à sa gauche et son panier d'arapèdes à sa droite.

« J'attendrai, il le faut bien ! cria-t-il. Retournez auprès de ma femme, et tâchez qu'elle ne prenne pas froid. »

Dans la grotte, Hector s'assit près d'Estelle. Au bout d'un silence, il osa s'emparer d'une main qu'elle ne retira pas. Elle regardait au loin. Le crépuscule tombait, une poussière d'ombre pâlissait peu à peu le soleil mourant. À l'horizon, le ciel prenait une teinte délicate, d'un violet tendre, et la mer s'étendait, lentement assombrie, sans une voile. Peu à peu, l'eau entrait dans la grotte, roulant avec un bruit doux les graviers transparents. Elle y apportait les voluptés du large, une voix caressante, une odeur irritante, chargée de désirs.

« Estelle, je vous aime », répétait Hector, en lui couvrant les mains de baisers.

Elle ne répondait pas, étouffée, comme soulevée par cette mer qui montait. Sur le sable fin, à demi couchée maintenant, elle ressemblait à une fille des eaux, surprise et déjà sans défense.

Et, brusquement, la voix de M. Chabre leur arriva, légère, aérienne.

« Vous n'avez pas faim ? Je crève, moi !... Heureusement que j'ai mon couteau. Je prends un acompte, vous savez, je mange les arapèdes. »

« Je vous aime, Estelle », répétait toujours Hector, qui la tenait à pleins bras.

La nuit était noire, la mer blanche éclairait le ciel. À l'entrée de la grotte, l'eau avait une longue plainte, tandis que, sous la voûte, un dernier reste de jour venait de s'éteindre. Une odeur de fécondité montait des vagues vivantes. Alors, Estelle laissa lentement tomber sa tête sur l'épaule d'Hector. Et le vent du soir emporta des soupirs.

En haut, à la clarté des étoiles, M. Chabre mangeait ses coquillages, méthodiquement. Il s'en donnait une indigestion, sans pain, avalant tout.

VI

Neuf mois après son retour à Paris, la belle Mme Chabre accouchait d'un garçon. M. Chabre, enchanté, prenait à part le docteur Guiraud, et lui répétait avec orgueil :

« Ce sont les arapèdes, j'en mettrais la main au feu !... Oui, tout un panier d'arapèdes que j'ai mangés un soir, oh ! dans une circonstance bien curieuse... N'importe, docteur, jamais je n'aurais pensé que les coquillages eussent une pareille vertu. »

Naïs Micoulin

I

À la saison des fruits, une petite fille, brune de peau, avec des cheveux noirs embroussaillés, se présentait chaque mois chez un avoué [1] d'Aix, M. Rostand, tenant une énorme corbeille d'abricots ou de pêches, qu'elle avait peine à porter. Elle restait dans le large vestibule, et toute la famille, prévenue, descendait.

« Ah ! c'est toi, Naïs, disait l'avoué. Tu nous apportes la récolte. Allons, tu es une brave fille... Et le père Micoulin, comment va-t-il ?

— Bien, Monsieur », répondait la petite en montrant ses dents blanches.

Alors, Mme Rostand la faisait entrer à la cuisine, où elle la questionnait sur les oliviers, les amandiers, les vignes. La grande affaire était de savoir s'il avait plu à L'Estaque, le coin du littoral où les Rostand possédaient leur propriété, la Blancarde, que les Micoulin cultivaient. Il n'y avait là que quelques douzaines d'amandiers et d'oliviers, mais la question de la pluie n'en restait pas moins capitale, dans ce pays qui meurt de sécheresse.

---

1. Officier ministériel de justice.

« Il a tombé des gouttes, disait Naïs. Le raisin aurait besoin d'eau. »

Puis, lorsqu'elle avait donné les nouvelles, elle mangeait un morceau de pain avec un reste de viande, et elle repartait pour L'Estaque, dans la carriole d'un boucher, qui venait à Aix tous les quinze jours. Souvent, elle apportait des coquillages, une langouste, un beau poisson, le père Micoulin pêchant plus encore qu'il ne labourait. Quand elle arrivait pendant les vacances, Frédéric, le fils de l'avoué, descendait d'un bond dans la cuisine pour lui annoncer que la famille allait bientôt s'installer à la Blancarde, en lui recommandant de tenir prêts ses filets et ses lignes. Il la tutoyait, car il avait joué avec elle tout petit. Depuis l'âge de douze ans seulement, elle l'appelait « M. Frédéric », par respect. Chaque fois que le père Micoulin l'entendait dire « tu » au fils de ses maîtres, il la souffletait [1]. Mais cela n'empêchait pas que les deux enfants fussent très bons amis.

« Et n'oublie pas de raccommoder les filets, répétait le collégien.

— N'ayez pas peur, monsieur Frédéric, répondait Naïs. Vous pouvez venir. »

M. Rostand était fort riche. Il avait acheté à vil prix un hôtel superbe, rue du Collège. L'hôtel de Coiron, bâti dans les dernières années du XVIIe siècle, développait une façade de douze fenêtres, et contenait assez de

1. Giflait.

pièces pour loger une communauté. Au milieu de ces appartements immenses, la famille composée de cinq personnes, en comptant les deux vieilles domestiques, semblait perdue. L'avoué occupait seulement le premier étage. Pendant dix ans, il avait affiché le rez-de-chaussée et le second [1], sans trouver de locataires. Alors, il s'était décidé à fermer les portes, à abandonner les deux tiers de l'hôtel aux araignées. L'hôtel, vide et sonore, avait des échos de cathédrale au moindre bruit qui se produisait dans le vestibule, un énorme vestibule avec une cage d'escalier monumentale, où l'on aurait aisément construit une maison moderne.

Au lendemain de son achat, M. Rostand avait coupé en deux par une cloison le grand salon d'honneur, un salon de douze mètres sur huit, que six fenêtres éclairaient. Puis, il avait installé là, dans un compartiment son cabinet, et dans l'autre le cabinet de ses clercs [2]. Le premier étage comptait en outre quatre pièces, dont la plus petite mesurait près de sept mètres sur cinq. Mme Rostand, Frédéric, les deux vieilles bonnes, habitaient des chambres hautes comme des chapelles. L'avoué s'était résigné à faire aménager un ancien boudoir [3] en cuisine, pour rendre le service plus commode ; auparavant, lorsqu'on se servait de la cuisine du rez-de-

1. Sous-entendu « à la location ».
2. Employés.
3. Pièce intime.

chaussée, les plats arrivaient complètement froids, après avoir traversé l'humidité glaciale du vestibule et de l'escalier. Et le pis était que cet appartement démesuré se trouvait meublé de la façon la plus sommaire. Dans le cabinet, un ancien meuble vert, en velours d'Utrecht, espaçait son canapé et ses huit fauteuils, style Empire, aux bois raides et tristes ; un petit guéridon de la même époque semblait un joujou, au milieu de l'immensité de la pièce ; sur la cheminée, il n'y avait qu'une affreuse pendule de marbre moderne, entre deux vases, tandis que le carrelage, passé au rouge [1] et frotté, luisait d'un éclat dur. Les chambres à coucher étaient encore plus vides. On sentait là le tranquille dédain des familles du Midi, même les plus riches, pour le confort et le luxe, dans cette bienheureuse contrée du soleil où la vie se passe au-dehors. Les Rostand n'avaient certainement pas conscience de la mélancolie, du froid mortel qui désolaient ces grandes salles, dont la tristesse de ruines semblait accrue par la rareté et la pauvreté des meubles.

L'avoué était pourtant un homme fort adroit. Son père lui avait laissé une des meilleures études d'Aix, et il trouvait moyen d'augmenter sa clientèle par une activité rare dans ce pays de paresse. Petit, remuant, avec un fin visage de fouine, il s'occupait passionnément de

1. Teint en rouge à l'aide de colorants et pigments minéraux ou végétaux.

son étude. Le soin de sa fortune le tenait d'ailleurs tout entier, il ne jetait même pas les yeux sur un journal, pendant les rares heures de flânerie qu'il tuait au cercle [1]. Sa femme, au contraire, passait pour une des femmes intelligentes et distinguées de la ville. Elle était née de Villebonne, ce qui lui laissait une auréole de dignité, malgré sa mésalliance [2]. Mais elle montrait un rigorisme [3] si outré, elle pratiquait ses devoirs religieux avec tant d'obstination étroite, qu'elle avait comme séché dans l'existence méthodique qu'elle menait.

Quant à Frédéric, il grandissait entre ce père si affairé et cette mère si rigide. Pendant ses années de collège, il fut un cancre de la belle espèce, tremblant devant sa mère, mais ayant tant de répugnance pour le travail, que, dans le salon, le soir, il lui arrivait de rester des heures le nez sur ses livres, sans lire une ligne, l'esprit perdu, tandis que ses parents s'imaginaient, à le voir, qu'il étudiait ses leçons. Irrités de sa paresse, ils le mirent pensionnaire au collège ; et il ne travailla pas davantage, moins surveillé qu'à la maison, enchanté de ne plus sentir toujours peser sur lui des yeux sévères. Aussi, alarmés des allures émancipées qu'il prenait, finirent-ils par le retirer, afin de l'avoir de nouveau sous

1. Lieu de réunion de personnes ayant des activités ou des distractions communes.

2. Mariage avec une personne de condition sociale inférieure.

3. Austérité morale.

leur férule [1]. Il termina sa seconde et sa rhétorique, gardé de si près, qu'il dut enfin travailler : sa mère examinait ses cahiers, le forçait à répéter ses leçons, se tenait derrière lui à toute heure, comme un gendarme. Grâce à cette surveillance, Frédéric ne fut refusé que deux fois aux examens du baccalauréat.

Aix possède une école de droit renommée, où le fils Rostand prit naturellement ses inscriptions. Dans cette ancienne ville parlementaire, il n'y a guère que des avocats, des notaires et des avoués, groupés là autour de la Cour. On y fait son droit quand même, quitte ensuite à planter tranquillement ses choux. Il continua d'ailleurs sa vie du collège, travaillant le moins possible, tâchant simplement de faire croire qu'il travaillait beaucoup. Mme Rostand, à son grand regret, avait dû lui accorder plus de liberté. Maintenant, il sortait quand il voulait, et n'était tenu qu'à se trouver là aux heures des repas ; le soir, il devait rentrer à neuf heures, excepté les jours où on lui permettait le théâtre. Alors, commença pour lui cette vie d'étudiant de province, si monotone, si pleine de vices, lorsqu'elle n'est pas entièrement donnée au travail.

Il faut connaître Aix, la tranquillité de ses rues où l'herbe pousse, le sommeil qui endort la ville entière, pour comprendre quelle existence vide y mènent les étudiants. Ceux qui travaillent ont la ressource de tuer

1. Autorité.

les heures devant leurs livres. Mais ceux qui se refusent à suivre sérieusement les cours n'ont d'autres refuges, pour se désennuyer, que les cafés, où l'on joue, et certaines maisons, où l'on fait pis encore. Le jeune homme se trouva être un joueur passionné ; il passait au jeu la plupart de ses soirées, et les achevait ailleurs. Une sensualité de gamin échappé du collège le jetait dans les seules débauches que la ville pouvait offrir, une ville où manquaient les filles libres qui peuplent à Paris le quartier Latin. Lorsque ses soirées ne lui suffirent plus, il s'arrangea pour avoir également ses nuits, en volant une clé de la maison. De cette manière il passa heureusement ses années de droit.

Du reste, Frédéric avait compris qu'il devait se montrer un fils docile. Toute une hypocrisie d'enfant courbé par la peur lui était peu à peu venue. Sa mère, maintenant, se déclarait satisfaite : il la conduisait à la messe, gardait une allure correcte, lui contait tranquillement des mensonges énormes, qu'elle acceptait, devant son air de bonne foi. Et son habileté devint telle, que jamais il ne se laissa surprendre, trouvant toujours une excuse, inventant d'avance des histoires extraordinaires pour se préparer des arguments. Il payait ses dettes de jeu avec de l'argent emprunté à des cousins. Il tenait toute une comptabilité compliquée. Une fois, après un gain inespéré, il réalisa même ce rêve d'aller passer une semaine à Paris, en se faisant inviter par un ami, qui possédait une propriété près de la Durance.

Au demeurant, Frédéric était un beau jeune homme, grand et de figure régulière, avec une forte barbe noire. Ses vices le rendaient aimable, auprès des femmes surtout. On le citait pour ses bonnes manières. Les personnes qui connaissaient ses farces souriaient un peu ; mais, puisqu'il avait la décence de cacher cette moitié suspecte de sa vie, il fallait encore lui savoir gré de ne pas étaler ses débordements, comme certains étudiants grossiers, qui faisaient le scandale de la ville.

Frédéric allait avoir vingt et un ans. Il devait passer bientôt ses derniers examens. Son père, encore jeune et peu désireux de lui céder tout de suite son étude, parlait de le pousser dans la magistrature debout [1]. Il avait à Paris des amis qu'il ferait agir, pour obtenir une nomination de substitut. Le jeune homme ne disait pas non ; jamais il ne combattait ses parents d'une façon ouverte ; mais il avait un mince sourire qui indiquait son intention arrêtée de continuer l'heureuse flânerie dont il se trouvait si bien. Il savait son père riche, il était fils unique, pourquoi aurait-il pris la moindre peine ? En attendant, il fumait des cigares sur le Cours, allait dans les bastidons [2] voisins faire des parties fines, fréquentait journellement en cachette les maisons louches, ce qui ne l'empêchait pas d'être aux ordres de

1. Magistrature du parquet, composée des procureurs et avocats, chargée de requérir la justice au nom de l'État.

2. Maisons basses typiques des régions méridionales.

sa mère et de la combler de prévenances. Quand une noce[1] plus débraillée que les autres lui avait brisé les membres et compromis l'estomac, il rentrait dans le grand hôtel glacial de la rue du Collège, où il se reposait avec délices. Le vide des pièces, le sévère ennui qui tombait des plafonds, lui semblaient avoir une fraîcheur calmante. Il s'y remettait, en faisant croire à sa mère qu'il restait là pour elle, jusqu'au jour où, la santé et l'appétit revenus, il machinait quelque nouvelle escapade. En somme, le meilleur garçon du monde, pourvu qu'on ne touchât point à ses plaisirs.

Naïs, cependant, venait chaque année chez les Rostand, avec ses fruits et ses poissons, et chaque année elle grandissait. Elle avait juste le même âge que Frédéric, trois mois de plus environ. Aussi, Mme Rostand lui disait-elle chaque fois :

« Comme tu te fais grande fille, Naïs ! »

Et Naïs souriait, en montrant ses dents blanches. Le plus souvent, Frédéric n'était pas là. Mais, un jour, la dernière année de son droit, il sortait, lorsqu'il trouva Naïs debout dans le vestibule, avec sa corbeille. Il s'arrêta net d'étonnement. Il ne reconnaissait pas la longue fille mince et déhanchée qu'il avait vue, l'autre saison, à la Blancarde. Naïs était superbe, avec sa tête brune, sous le casque sombre de ses épais cheveux noirs ; et elle avait des épaules fortes, une taille ronde,

1. Fête.

des bras magnifiques dont elle montrait les poignets nus. En une année, elle venait de pousser comme un jeune arbre.

« C'est toi ! dit-il d'une voix balbutiante.

— Mais oui, monsieur Frédéric, répondit-elle en le regardant en face, de ses grands yeux où brûlait un feu sombre. J'apporte des oursins... Quand arrivez-vous ? Faut-il préparer les filets ? »

Il la contemplait toujours, il murmura, sans paraître avoir entendu :

« Tu es bien belle, Naïs !... Qu'est-ce que tu as donc ? »

Ce compliment la fit rire. Puis, comme il lui prenait les mains, ayant l'air de jouer, ainsi qu'ils jouaient ensemble autrefois, elle devint sérieuse, elle le tutoya brusquement, en lui disant tout bas, d'une voix un peu rauque :

« Non, non, pas ici... Prends garde ! Voici ta mère. »

II

Quinze jours plus tard, la famille Rostand partait pour la Blancarde. L'avoué devait attendre les vacances des tribunaux, et d'ailleurs le mois de septembre était d'un grand charme, au bord de la mer. Les chaleurs finissaient, les nuits avaient une fraîcheur délicieuse.

La Blancarde ne se trouvait pas dans L'Estaque même, un bourg situé à l'extrême banlieue de Marseille, au fond d'un cul-de-sac de rochers, qui ferme le golfe. Elle se dressait au-delà du village, sur une falaise ; de toute la baie, on apercevait sa façade jaune, au milieu d'un bouquet de grands pins. C'était une de ces bâtisses carrées, lourdes, percées de fenêtres irrégulières, qu'on appelle des châteaux en Provence. Devant la maison, une large terrasse s'étendait à pic sur une étroite plage de cailloux. Derrière, il y avait un vaste clos, des terres maigres où quelques vignes, des amandiers et des oliviers consentaient seuls à pousser. Mais un des inconvénients, un des dangers de la Blancarde était que la mer ébranlait continuellement la falaise ; des infiltrations, provenant de sources voisines, se produisaient dans cette masse amollie de terre glaise et de roches ; et il arrivait, à chaque saison, que des blocs énormes se détachaient pour tomber dans l'eau avec un bruit épouvantable. Peu à peu, la propriété s'échancrait. Des pins avaient déjà été engloutis.

Depuis quarante ans, les Micoulin étaient mégers [1] à la Blancarde. Selon l'usage provençal, ils cultivaient le bien et partageaient les récoltes avec le propriétaire. Ces récoltes étant pauvres, ils seraient morts de famine, s'ils n'avaient pas pêché un peu de poisson l'été. Entre un labourage et un ensemencement, ils donnaient un coup de filet. La famille était composée du père Micoulin, un dur vieillard à la face noire et creusée, devant lequel toute la maison tremblait ; de la mère Micoulin, une grande femme abêtie par le travail de la terre au plein soleil ; d'un fils qui servait pour le moment sur l'*Arrogante* [2], et de Naïs que son père envoyait travailler dans une fabrique de tuiles, malgré toute la besogne qu'il y avait au logis. L'habitation du méger, une masure [3] collée à l'un des flancs de la Blancarde, s'égayait rarement d'un rire ou d'une chanson. Micoulin gardait un silence de vieux sauvage, enfoncé dans les réflexions de son expérience. Les deux femmes éprouvaient pour lui ce respect terrifié que les filles et les épouses du Midi témoignent au chef de la famille.

---

1. Terme provençal pour « métayers » (exploitants qui partagent leurs récoltes avec les propriétaires des terrains cultivés).

2. Nom du bateau-école des canonniers de la Marine.

3. Petite habitation misérable.

Et la paix n'était guère troublée que par les appels furieux de la mère, qui se mettait les poings sur les hanches pour enfler son gosier à le rompre, en jetant aux quatre points du ciel le nom de Naïs, dès que sa fille disparaissait. Naïs entendait d'un kilomètre et rentrait, toute pâle de colère contenue.

Elle n'était point heureuse, la belle Naïs, comme on la nommait à L'Estaque. Elle avait seize ans, que Micoulin, pour un oui, pour un non, la frappait au visage, si rudement, que le sang lui partait du nez ; et, maintenant encore, malgré ses vingt ans passés, elle gardait pendant des semaines les épaules bleues des sévérités du père. Celui-ci n'était pas méchant, il usait simplement avec rigueur de sa royauté, voulant être obéi, ayant dans le sang l'ancienne autorité latine, le droit de vie et de mort sur les siens. Un jour, Naïs, rouée de coups, ayant osé lever la main pour se défendre, il avait failli la tuer. La jeune fille, après ces corrections, restait frémissante. Elle s'asseyait par terre, dans un coin noir, et là, les yeux secs, dévorait l'affront. Une rancune sombre la tenait ainsi muette pendant des heures, à rouler des vengeances qu'elle ne pouvait exécuter. C'était le sang même de son père qui se révoltait en elle, un emportement aveugle, un besoin furieux d'être la plus forte. Quand elle voyait sa mère, tremblante et soumise, se faire toute petite devant Micoulin, elle la regardait pleine de mépris. Elle disait souvent : « Si j'avais un mari comme ça, je le tuerais. »

Naïs préférait encore les jours où elle était battue, car ces violences la secouaient. Les autres jours, elle menait une existence si étroite, si enfermée, qu'elle se mourait d'ennui. Son père lui défendait de descendre à L'Estaque, la tenait à la maison dans des occupations continuelles ; et, même lorsqu'elle n'avait rien à faire, il voulait qu'elle restât là, sous ses yeux. Aussi attendait-elle le mois de septembre avec impatience ; dès que les maîtres habitaient la Blancarde, la surveillance de Micoulin se relâchait forcément. Naïs, qui faisait des courses pour Mme Rostand, se dédommageait de son emprisonnement de toute l'année.

Un matin, le père Micoulin avait réfléchi que cette grande fille pouvait lui rapporter trente sous par jour. Alors, il l'émancipa, il l'envoya travailler dans une tuilerie. Bien que le travail y fût très dur, Nais était enchantée. Elle partait dès le matin, allait de l'autre côté de L'Estaque et restait jusqu'au soir au grand soleil, à retourner des tuiles pour les faire sécher. Ses mains s'usaient à cette corvée de manœuvre, mais elle ne sentait plus son père derrière son dos, elle riait librement avec des garçons. Ce fut là, dans ce labeur si rude, qu'elle se développa et devint une belle fille. Le soleil ardent lui dorait la peau, lui mettait au cou une large collerette d'ambre[1] ; ses cheveux noirs poussaient, s'entassaient, comme pour la garantir de leurs mèches

1. De couleur mordorée.

volantes ; son corps, continuellement penché et balancé dans le va-et-vient de sa besogne, prenait une vigueur souple de jeune guerrière. Lorsqu'elle se relevait, sur le terrain battu, au milieu de ces argiles rouges, elle ressemblait à une amazone antique, à quelque terre cuite puissante, tout à coup animée par la pluie de flammes qui tombait du ciel. Aussi Micoulin la couvait-il de ses petits yeux, en la voyant embellir. Elle riait trop, cela ne lui paraissait pas naturel qu'une fille fût si gaie. Et il se promettait d'étrangler les amoureux, s'il en découvrait jamais autour de ses jupes.

Des amoureux, Naïs en aurait eu des douzaines, mais elle les décourageait. Elle se moquait de tous les garçons. Son seul bon ami était un bossu, occupé à la même tuilerie qu'elle, un petit homme nommé Toine, que la maison des enfants trouvés d'Aix avait envoyé à L'Estaque, et qui était resté là, adopté par le pays. Il riait d'un joli rire, ce bossu, avec son profil de polichinelle[1]. Naïs le tolérait pour sa douceur. Elle faisait de lui ce qu'elle voulait, le rudoyait souvent, lorsqu'elle avait à se venger sur quelqu'un d'une violence de son père. Du reste, cela ne tirait pas à conséquence. Dans le pays, on riait de Toine. Micoulin avait dit : « Je lui permets le bossu, je la connais, elle est trop fière ! »

---

1. Personnage bouffon de la *commedia dell'arte* doté d'un nez crochu, d'une voix nasillarde et d'une double bosse, sur le ventre et dans le dos.

Cette année-là, quand Mme Rostand fut installée à la Blancarde, elle demanda au méger de lui prêter Naïs, une de ses bonnes étant malade. Justement, la tuilerie chômait. D'ailleurs, Micoulin, si dur pour les siens, se montrait politique [1] à l'égard des maîtres ; il n'aurait pas refusé sa fille, même si la demande l'eût contrarié. M. Rostand avait dû se rendre à Paris, pour des affaires graves, et Frédéric se trouvait à la campagne seul avec sa mère. Les premiers jours, d'habitude, le jeune homme était pris d'un grand besoin d'exercice, grisé par l'air, allant en compagnie de Micoulin jeter ou retirer les filets, faisant de longues promenades au fond des gorges qui viennent déboucher à L'Estaque. Puis, cette belle ardeur se calmait, il restait allongé des journées entières sous les pins, au bord de la terrasse, dormant à moitié, regardant la mer, dont le bleu monotone finissait par lui causer un ennui mortel. Au bout de quinze jours, généralement, le séjour de la Blancarde l'assommait. Alors, il inventait chaque matin un prétexte pour filer à Marseille.

Le lendemain de l'arrivée des maîtres, Micoulin, au lever du soleil, appela Frédéric. Il s'agissait d'aller lever des jambins [2], de longs paniers à étroite ouverture de souricière, dans lesquels les poissons de fond se

1. Habile, diplomate.

2. Nasses (paniers de pêche) employées sur les côtes de la Méditerranée.

prennent. Mais le jeune homme fit la sourde oreille. La pêche ne paraissait pas le tenter. Quand il fut levé, il s'installa sous les pins, étendu sur le dos, les regards perdus au ciel. Sa mère fut toute surprise de ne pas le voir partir pour une de ces grandes courses dont il revenait affamé.

« Tu ne sors pas ? demanda-t-elle.

— Non, mère, répondit-il. Puisque papa n'est pas là, je reste avec vous. »

Le méger, qui entendit cette réponse, murmura en patois :

« Allons, M. Frédéric ne va pas tarder à partir pour Marseille. »

Frédéric, pourtant, n'alla pas à Marseille. La semaine s'écoula, il était toujours allongé, changeant simplement de place, quand le soleil le gagnait. Par contenance, il avait pris un livre ; seulement, il ne lisait guère ; le livre, le plus souvent, traînait parmi les aiguilles de pin, séchées sur la terre dure. Le jeune homme ne regardait même pas la mer ; la face tournée vers la maison, il semblait s'intéresser au service, guetter les bonnes qui allaient et venaient, traversant la terrasse à toute minute ; et quand c'était Naïs qui passait, de courtes flammes s'allumaient dans ses yeux de jeune maître sensuel. Alors, Naïs ralentissait le pas, s'éloignait avec le balancement rythmé de sa taille, sans jamais jeter un regard sur lui.

Pendant plusieurs jours, ce jeu dura. Devant sa mère, Frédéric traitait Naïs presque durement, en servante maladroite. La jeune fille grondée baissait les yeux, avec une sournoiserie heureuse, comme pour jouir de ces fâcheries.

Un matin, au déjeuner, Naïs cassa un saladier. Frédéric s'emporta.

« Est-elle sotte ! cria-t-il. Où a-t-elle la tête ? »

Et il se leva furieux, en ajoutant que son pantalon était perdu. Une goutte d'huile l'avait taché au genou. Mais il en faisait une affaire.

« Quand tu me regarderas ! Donne-moi une serviette et de l'eau… Aide-moi. »

Naïs trempa le coin d'une serviette dans une tasse, puis se mit à genoux devant Frédéric, pour frotter la tache.

« Laisse, répétait Mme Rostand. C'est comme si tu ne faisais rien. »

Mais la jeune fille ne lâchait point la jambe de son maître, qu'elle continuait à frotter de toute la force de ses beaux bras. Lui, grondait toujours des paroles sévères.

« Jamais on n'a vu une pareille maladresse… Elle l'aurait fait exprès que ce saladier ne serait pas venu se casser plus près de moi… Ah bien ! si elle nous servait à Aix, notre porcelaine serait vite en pièces ! »

Ces reproches étaient si peu proportionnés à la faute, que Mme Rostand crut devoir calmer son fils, lorsque Naïs ne fut plus là.

« Qu'as-tu donc contre cette pauvre fille ? On dirait que tu ne peux la souffrir… Je te prie d'être plus doux pour elle. C'est une ancienne camarade de jeu, et elle n'a pas ici la situation d'une servante ordinaire.

— Eh ! elle m'ennuie ! » répondit Frédéric, en affectant un air de brutalité.

Le soir même, à la nuit tombée, Naïs et Frédéric se rencontrèrent dans l'ombre, au bout de la terrasse. Ils ne s'étaient point encore parlé seul à seule. On ne pouvait les entendre de la maison. Les pins secouaient dans l'air mort une chaude senteur résineuse. Alors, elle, à voix basse, demanda, en retrouvant le tutoiement de leur enfance :

« Pourquoi m'as-tu grondée, Frédéric ?… Tu es bien méchant. »

Sans répondre, il lui prit les mains, il l'attira contre sa poitrine, la baisa aux lèvres. Elle le laissa faire, et s'en alla ensuite, pendant qu'il s'asseyait sur le parapet, pour ne point paraître devant sa mère tout secoué d'émotion. Dix minutes plus tard, elle servait à table, avec son grand calme un peu fier.

Frédéric et Naïs ne se donnèrent pas de rendez-vous. Ce fut une nuit qu'ils se retrouvèrent sous un olivier, au bord de la falaise. Pendant le repas, leurs yeux s'étaient plusieurs fois rencontrés avec une fixité ardente. La nuit était très chaude, Frédéric fuma des cigarettes à sa fenêtre jusqu'à une heure, interrogeant l'ombre. Vers une heure, il aperçut une forme vague qui se glissait le long de la terrasse. Alors, il n'hésita plus. Il descendit sur le toit d'un hangar, d'où il sauta ensuite à terre, en s'aidant de longues perches, posées là, dans un angle ; de cette façon, il ne craignait pas de réveiller sa mère. Puis, quand il fut en bas, il marcha droit à un vieil olivier, certain que Naïs l'attendait.

« Tu es là ? demanda-t-il à demi-voix.

— Oui », répondit-elle simplement.

Et il s'assit près d'elle, dans le chaume [1] ; il la prit à la taille, tandis qu'elle appuyait la tête sur son épaule. Un instant, ils restèrent sans parler. Le vieil olivier, au bois noueux, les couvrait de son toit de feuilles grises. En face, la mer s'étendait, noire, immobile sous les étoiles. Marseille, au fond du golfe, était caché par une brume ; à gauche, seul le phare tournant de Planier revenait toutes les minutes, trouant les ténèbres d'un rayon jaune, qui s'éteignait brusquement ; et rien n'était plus doux ni plus tendre que cette lumière, sans cesse perdue à l'horizon, et sans cesse retrouvée.

« Ton père est donc absent ? reprit Frédéric.

— J'ai sauté par la fenêtre », dit-elle de sa voix grave.

Ils ne parlèrent point de leur amour. Cet amour venait de loin, du fond de leur enfance. Maintenant, ils se rappelaient des jeux où le désir perçait déjà dans l'enfantillage. Cela leur semblait naturel, de glisser à des caresses. Ils n'auraient su que se dire, ils avaient

1. Paille.

l'unique besoin d'être l'un à l'autre. Lui, la trouvait belle, excitante avec son hâle [1] et son odeur de terre, et elle, goûtait un orgueil de fille battue, à devenir la maîtresse du jeune maître. Elle s'abandonna. Le jour allait paraître, quand tous deux rentrèrent dans leurs chambres par le chemin qu'ils avaient pris pour en sortir.

---

1. Teint bronzé que prend la peau sous l'effet de l'air et du soleil.

III

Quel mois adorable ! Il ne plut pas un seul jour. Le ciel, toujours bleu, développait un satin que pas un nuage ne venait tacher. Le soleil se levait dans un cristal rose et se couchait dans une poussière d'or. Pourtant, il ne faisait point trop chaud, la brise de mer montait avec le soleil et s'en allait avec lui ; puis, les nuits avaient une fraîcheur délicieuse, tout embaumée des plantes aromatiques chauffées pendant le jour, fumant dans l'ombre.

Le pays est superbe. Des deux côtés du golfe, des bras de rochers s'avancent, tandis que les îles, au large, semblent barrer l'horizon ; et la mer n'est plus qu'un vaste bassin, un lac d'un bleu intense par les beaux temps. Au pied des montagnes, au fond, Marseille étage ses maisons sur des collines basses ; quand l'air est limpide, on aperçoit, de L'Estaque, la jetée grise de la Joliette [1], avec les fines mâtures [2] des vaisseaux, dans le port ; puis, derrière, des façades se montrent au milieu

1. Quartier du port de Marseille.

2. Ensemble des mâts et des vergues (pièces de bois disposées en travers des mâts pour soutenir les voiles) d'un bateau.

de massifs d'arbres, la chapelle de Notre-Dame-de-la-Garde blanchit sur une hauteur, en plein ciel. Et la côte part de Marseille, s'arrondit, se creuse en larges échancrures avant d'arriver à L'Estaque, bordée d'usines qui lâchent, par moments, de hauts panaches de fumée. Lorsque le soleil tombe d'aplomb, la mer, presque noire, est comme endormie entre les deux promontoires de rochers, dont la blancheur se chauffe de jaune et de brun. Les pins tachent de vert sombre les terres rougeâtres. C'est un vaste tableau, un coin entrevu de l'Orient, s'enlevant dans la vibration aveuglante du jour.

Mais L'Estaque n'a pas seulement cette échappée sur la mer. Le village, adossé aux montagnes, est traversé par des routes qui vont se perdre au milieu d'un chaos de roches foudroyées. Le chemin de fer de Marseille à Lyon court parmi les grands blocs, traverse des ravins sur des ponts, s'enfonce brusquement sous le roc lui-même, et y reste pendant une lieue et demie, dans ce tunnel de la Nerthe, le plus long de France. Rien n'égale la majesté sauvage de ces gorges qui se creusent entre les collines, chemins étroits serpentant au fond d'un gouffre, flancs arides plantés de pins, dressant des murailles aux colorations de rouille et de sang. Parfois, les défilés s'élargissent, un champ maigre d'oliviers occupe le creux d'un vallon, une maison perdue montre sa façade peinte, aux volets fermés. Puis, ce sont encore des sentiers pleins de ronces, des fourrés impénétrables, des éboulements de cailloux, des torrents desséchés, toutes les surprises d'une marche dans un désert. En haut, au-dessus de la bordure noire des pins, le ciel met la bande continue de sa fine soie bleue.

Et il y a aussi l'étroit littoral entre les rochers et la mer, des terres rouges où les tuileries, la grande industrie de la contrée, ont creusé d'immenses trous, pour extraire l'argile. C'est un sol crevassé, bouleversé, à peine planté de quelques arbres chétifs, et dont une haleine d'ardente passion semble avoir séché les sources. Sur les chemins, on croirait marcher dans un lit de plâtre, on enfonce jusqu'aux chevilles ; et, aux moindres souffles de vent, de grandes poussières volantes poudrent les haies. Le long des murailles, qui jettent des réverbérations de four, de petits lézards gris dorment, tandis que, du brasier des herbes roussies, des nuées de sauterelles s'envolent, avec un crépitement d'étincelles. Dans l'air immobile et lourd, dans la somnolence de midi, il n'y a d'autre vie que le chant monotone des cigales.

Ce fut au travers de cette contrée de flammes que Naïs et Frédéric s'aimèrent pendant un mois. Il semblait que tout ce feu du ciel était passé dans leur sang. Les huit premiers jours, ils se contentèrent de se retrouver la nuit, sous le même olivier, au bord de la falaise. Ils y goûtaient des joies exquises. La nuit fraîche calmait leur fièvre, ils tendaient parfois leurs visages et leurs mains brûlantes aux haleines qui passaient, pour les rafraîchir comme dans une source froide. La mer, à leurs pieds, au bas des roches, avait une plainte voluptueuse et lente. Une odeur pénétrante d'herbes marines les grisait de désirs. Puis, aux bras l'un de l'autre, las d'une fatigue heureuse, ils regardaient, de l'autre côté des eaux, le flamboiement nocturne de Marseille, les feux rouges de l'entrée du port jetant dans la mer des reflets sanglants, les étincelles du gaz dessinant, à droite et à gauche, les courbes allongées des faubourgs ; au milieu, sur la ville, c'était un pétillement de lueurs vives, tandis que le jardin de la colline Bonaparte était nettement indiqué par deux rampes de clartés, qui tournaient au bord du ciel. Toutes ces lumières, au-delà du golfe endormi, semblaient éclairer quelque ville du rêve, que l'aurore devait emporter. Et le ciel, élargi au-dessus du chaos noir de l'horizon, était pour eux un grand charme, un charme qui les inquiétait et les faisait se serrer davantage. Une pluie d'étoiles tombait. Les constellations, dans ces nuits claires de la Provence, avaient des flammes vivantes. Frémissant sous ces vastes espaces, ils baissaient la tête, ils ne s'intéressaient plus qu'à l'étoile solitaire du phare de Planier, dont la lueur dansante les attendrissait, pendant que leurs lèvres se cherchaient encore.

Mais, une nuit, ils trouvèrent une large lune à l'horizon, dont la face jaune les regardait. Dans la mer, une traînée de feu luisait, comme si un poisson gigantesque, quelque anguille des grands fonds, eût fait glisser les anneaux sans fin de ses écailles d'or ; et un demi-jour éteignait les clartés de Marseille, baignait les collines et les échancrures du golfe. À mesure que la lune montait, le jour grandissait, les ombres devenaient plus nettes. Dès lors, ce témoin les gêna. Ils eurent peur d'être surpris, en restant si près de la Blancarde. Au rendez-vous suivant, ils sortirent du clos par un coin de mur écroulé, ils promenèrent leurs amours dans tous les abris que le pays offrait. D'abord, ils se réfugièrent au fond d'une tuilerie abandonnée : le hangar ruiné y surmontait une cave, dans laquelle les deux bouches du four s'ouvraient encore. Mais ce trou les attristait, ils préféraient sentir sur leurs têtes le ciel libre. Ils coururent les carrières d'argile rouge, ils découvrirent des cachettes délicieuses, de véritables déserts de quelques mètres carrés, d'où ils entendaient seulement les aboiements des chiens qui gardaient les bastides [1]. Ils allèrent plus loin, se perdirent en promenades le long de la côte rocheuse, du côté de Niolon, suivirent aussi les chemins étroits des gorges, cherchèrent les grottes, les crevasses lointaines. Ce fut, pendant quinze jours, des nuits pleines de jeux et de tendresses. La lune avait disparu, le ciel était redevenu noir ; mais, maintenant, il leur semblait que la Blancarde était trop petite pour les contenir, ils avaient le besoin de se posséder dans toute la largeur de la terre.

1. Fermes ou villas isolées dans la campagne.

Une nuit, comme ils suivaient un chemin au-dessus de L'Estaque, pour gagner les gorges de la Nerthe, ils crurent entendre un pas étouffé qui les accompagnait, derrière un petit bois de pins, planté au bord de la route. Ils s'arrêtèrent, pris d'inquiétude.

« Entends-tu ? demanda Frédéric.

— Oui, quelque chien perdu », murmura Naïs.

Et ils continuèrent leur marche. Mais, au premier coude du chemin, comme le petit bois cessait, ils virent distinctement une masse noire se glisser derrière les rochers. C'était, à coup sûr, un être humain, bizarre et comme bossu. Naïs eut une légère exclamation.

« Attends-moi », dit-elle rapidement.

Elle s'élança à la poursuite de l'ombre. Bientôt, Frédéric entendit un chuchotement rapide. Puis elle revint, tranquille, un peu pâle.

« Qu'est-ce donc ? demanda-t-il.

— Rien », dit-elle.

Après un silence, elle reprit :

« Si tu entends marcher, n'aie pas peur. C'est Toine, tu sais ? le bossu. Il veut veiller sur nous. »

En effet, Frédéric sentait parfois dans l'ombre quelqu'un qui les suivait. Il y avait comme une protection autour d'eux. À plusieurs reprises, Naïs avait voulu chasser Toine ; mais le pauvre être ne demandait qu'à être son chien : on ne le verrait pas, on ne l'entendrait pas, pourquoi ne point lui permettre d'agir à sa guise ? Dès lors, si les amants eussent écouté, quand ils se baisaient à pleine bouche dans les tuileries en ruine, au milieu des carrières désertes, au fond des gorges perdues, ils auraient surpris derrière eux des bruits étouffés de sanglots. C'était Toine, leur chien de garde, qui pleurait dans ses poings tordus.

Et ils n'avaient pas que les nuits. Maintenant, ils s'enhardissaient, ils profitaient de toutes les occasions. Souvent, dans un corridor de la Blancarde, dans une pièce où ils se rencontraient, ils échangeaient un long baiser. Même à table, lorsqu'elle servait et qu'il demandait du pain ou une assiette, il trouvait le moyen de lui serrer les doigts. La rigide Mme Rostand, qui ne voyait rien, accusait toujours son fils d'être trop sévère pour son ancienne camarade. Un jour, elle faillit les surprendre ; mais la jeune fille, ayant entendu le petit bruit de sa robe, se baissa vivement et se mit à essuyer avec son mouchoir les pieds du jeune maître, blancs de poussière.

Naïs et Frédéric goûtaient encore mille petites joies. Souvent, après le dîner, quand la soirée était fraîche, Mme Rostand voulait faire une promenade. Elle prenait le bras de son fils, elle descendait à L'Estaque, en chargeant Naïs de porter son châle, par précaution. Tous trois allaient ainsi voir l'arrivée des pêcheurs de sardines. En mer, des lanternes dansaient, on distinguait bientôt les masses noires des barques, qui abordaient avec le sourd battement des rames. Les jours de grande pêche, des voix joyeuses s'élevaient, des femmes accouraient, chargées de paniers ; et les trois hommes qui montaient chaque barque se mettaient à dévider le filet, laissé en tas sous les bancs. C'était comme un large ruban sombre, tout pailleté de lames d'argent ; les sardines, pendues par les ouïes aux fils des mailles, s'agitaient encore, jetaient des reflets de métal ; puis, elles tombaient dans les paniers, ainsi qu'une pluie d'écus, à la lumière pâle des lanternes. Souvent, Mme Rostand restait devant une barque, amusée par ce spectacle ; elle avait lâché le bras de son fils, elle causait avec les pêcheurs, tandis que Frédéric, près de Naïs, en dehors du rayon de la lanterne, lui serrait les poignets à les briser.

Cependant, le père Micoulin gardait son silence de bête expérimentée et têtue. Il allait en mer, revenait donner un coup de bêche, de sa même allure sournoise. Mais ses petits yeux gris avaient depuis quelque temps une inquiétude. Il jetait sur Naïs des regards obliques, sans rien dire. Elle lui semblait changée, il flairait en elle des choses qu'il ne s'expliquait pas. Un jour, elle osa lui tenir tête. Micoulin lui allongea un tel soufflet qu'il lui fendit la lèvre.

Le soir, quand Frédéric sentit sous un baiser la bouche de Naïs enflée, il l'interrogea vivement.

« Ce n'est rien, un soufflet que mon père m'a donné », dit-elle.

Sa voix s'était assombrie. Comme le jeune homme se fâchait et déclarait qu'il mettrait ordre à cela :

« Non, laisse, reprit-elle, c'est mon affaire… Oh ! ça finira ! »

Elle ne lui parlait jamais des gifles qu'elle recevait. Seulement, les jours où son père l'avait battue, elle se pendait au cou de son amant avec plus d'ardeur, comme pour se venger du vieux.

Depuis trois semaines, Naïs sortait presque chaque nuit. D'abord elle avait pris de grandes précautions, puis une audace froide lui était venue, et elle osait tout. Quand elle comprit que son père se doutait de quelque chose, elle redevint prudente. Elle manqua deux rendez-vous. Sa mère lui avait dit que Micoulin ne dormait plus la nuit : il se levait, allait d'une pièce dans une autre. Mais, devant les regards suppliants de Frédéric, le troisième jour, Naïs oublia de nouveau toute prudence. Elle descendit vers onze heures, en se promettant de ne point rester plus d'une heure dehors ; et elle espérait que son père, dans le premier sommeil, ne l'entendrait pas.

Frédéric l'attendait sous les oliviers. Sans parler de ses craintes, elle refusa d'aller plus loin. Elle se sentait trop lasse, disait-elle, ce qui était vrai, car elle ne pouvait, comme lui, dormir pendant le jour. Ils se couchèrent à leur place habituelle, au-dessus de la mer, devant Marseille allumé. Le phare de Planier luisait. Naïs, en le regardant, s'endormit sur l'épaule de Frédéric. Celui-ci ne remua plus ; et peu à peu il céda lui-même à la fatigue, ses yeux se fermèrent. Tous deux, aux bras l'un de l'autre, mêlaient leurs haleines.

Aucun bruit, on n'entendait que la chanson aigre des sauterelles vertes. La mer dormait comme les amants. Alors, une forme noire sortit de l'ombre et s'approcha. C'était Micoulin, qui, réveillé par le craquement d'une fenêtre, n'avait pas trouvé Naïs dans sa chambre. Il était sorti, en emportant une petite hachette, à tout hasard. Quand il aperçut une tache sombre sous l'olivier, il serra le manche de la hachette. Mais les enfants ne bougeaient point, il put arriver jusqu'à eux, se baisser, les regarder au visage. Un léger cri lui échappa, il venait de reconnaître le jeune maître. Non, non, il ne pouvait le tuer ainsi : le sang répandu sur le sol, qui en garderait la trace, lui coûterait trop cher. Il se releva, deux plis de décision farouche coupaient sa face de vieux cuir, raidie de rage contenue. Un paysan n'assassine pas son maître ouvertement, car le maître, même enterré, est toujours le plus fort. Et le père Micoulin hocha la tête, s'en alla à pas de loup, en laissant les deux amoureux dormir.

Quand Naïs rentra, un peu avant le jour, très inquiète de sa longue absence, elle trouva sa fenêtre telle qu'elle l'avait laissée. Au déjeuner, Micoulin la regarda tranquillement manger son morceau de pain. Elle se rassura, son père ne devait rien savoir.

IV

« Monsieur Frédéric, vous ne venez donc plus en mer ? » demanda un soir le père Micoulin.

Mme Rostand, assise sur la terrasse, à l'ombre des pins, brodait un mouchoir, tandis que son fils, couché près d'elle, s'amusait à jeter des petits cailloux.

« Ma foi, non ! répondit le jeune homme. Je deviens paresseux.

— Vous avez tort, reprit le méger. Hier, les jambins étaient pleins de poissons. On prend ce qu'on veut, en ce moment… Cela vous amuserait. Accompagnez-moi demain matin. »

Il avait l'air si bonhomme, que Frédéric, qui songeait à Naïs et ne voulait pas le contrarier, finit par dire :

« Mon Dieu ! je veux bien… Seulement, il faudra me réveiller. Je vous préviens qu'à cinq heures je dors comme une souche. »

Mme Rostand avait cessé de broder, légèrement inquiète.

« Et surtout soyez prudents, murmura-t-elle. Je tremble toujours, lorsque vous êtes en mer. »

Le lendemain matin, Micoulin eut beau appeler M. Frédéric, la fenêtre du jeune homme resta fermée. Alors, il dit à sa fille, d'une voix dont elle ne remarqua pas l'ironie sauvage :

« Monte, toi... Il t'entendra peut-être. »

Ce fut Naïs qui, ce matin-là, réveilla Frédéric. Encore tout ensommeillé, il l'attirait dans la chaleur du lit ; mais elle lui rendit vivement son baiser et s'échappa. Dix minutes plus tard, le jeune homme parut, tout habillé de toile grise. Le père Micoulin l'attendait patiemment, assis sur le parapet de la terrasse.

« Il fait déjà frais, vous devriez prendre un foulard », dit-il.

Naïs remonta chercher un foulard. Puis, les deux hommes descendirent l'escalier, aux marches raides, qui conduisait à la mer, pendant que la jeune fille, debout, les suivait des yeux. En bas, le père Micoulin leva la tête, regarda Naïs ; et deux grands plis se creusaient aux coins de sa bouche.

Depuis cinq jours, le terrible vent du nord-ouest, le mistral, soufflait. La veille, il était tombé vers le soir. Mais, au lever du soleil, il avait repris, faiblement d'abord. La mer, à cette heure matinale, houleuse sous les haleines brusques qui la fouettaient, se moirait de bleu [1] sombre ; et, éclairée de biais par les premiers

1. Prenait l'aspect onduleux et changeant d'une moire bleue (voir note 1, p. 28).

rayons, elle roulait de petites flammes à la crête de chaque vague. Le ciel était presque blanc, d'une limpidité cristalline. Marseille, dans le fond, avait une netteté de détails qui permettait de compter les fenêtres sur les façades des maisons ; tandis que les rochers du golfe s'allumaient de teintes roses, d'une extrême délicatesse.

« Nous allons être secoués pour revenir, dit Frédéric.

— Peut-être », répondit simplement Micoulin.

Il ramait en silence, sans tourner la tête. Le jeune homme avait un instant regardé son dos rond, en pensant à Naïs ; il ne voyait du vieux que la nuque brûlée de hâle, et deux bouts d'oreilles rouges, où pendaient des anneaux d'or. Puis, il s'était penché, s'intéressant aux profondeurs marines qui fuyaient sous la barque. L'eau se troublait, seules de grandes herbes vagues flottaient comme des cheveux de noyé. Cela l'attrista, l'effraya même un peu.

« Dites donc, père Micoulin, reprit-il après un long silence, voilà le vent qui prend de la force. Soyez prudent… Vous savez que je nage comme un cheval de plomb.

— Oui, oui, je sais », dit le vieux de sa voix sèche.

Et il ramait toujours, d'un mouvement mécanique. La barque commençait à danser, les petites flammes, aux crêtes des vagues, étaient devenues des flots d'écume qui volaient sous les coups de vent. Frédéric ne voulait pas montrer sa peur, mais il était médiocrement rassuré, il eût donné beaucoup pour se rapprocher de la terre. Il s'impatienta, il cria :

« Où diable avez-vous fourré vos jambins, aujourd'hui ?... Est-ce que nous allons à Alger ? »

Mais le père Micoulin répondit de nouveau, sans se presser :

« Nous arrivons, nous arrivons. »

Tout d'un coup, il lâcha les rames, il se dressa dans la barque, chercha du regard, sur la côte, les deux points de repère ; et il dut ramer cinq minutes encore, avant d'arriver au milieu des bouées de liège, qui marquaient la place des jambins. Là, au moment de retirer les paniers, il resta quelques secondes tourné vers la Blancarde. Frédéric, en suivant la direction de ses yeux, vit distinctement, sous les pins, une tache blanche. C'était Naïs, toujours accoudée à la terrasse, et dont on apercevait la robe claire.

« Combien avez-vous de jambins ? demanda Frédéric.

— Trente-cinq... Il ne faut pas flâner. »

Il saisit la bouée la plus voisine, il tira le premier panier. La profondeur était énorme, la corde n'en finissait plus. Enfin, le panier parut, avec la grosse pierre qui le maintenait au fond ; et, dès qu'il fut hors de l'eau, trois poissons se mirent à sauter comme des oiseaux dans une cage. On aurait cru entendre un bruit d'ailes. Dans le second panier, il n'y avait rien. Mais, dans le troisième, se trouvait, par une rencontre assez rare, une petite langouste qui donnait de violents coups de queue. Dès lors, Frédéric se passionna, oubliant ses craintes, se penchant au bord de la barque, attendant les paniers avec un battement de cœur. Quand il entendait le bruit d'ailes, il éprouvait une émotion pareille à celle du chasseur qui vient d'abattre une pièce de gibier. Un à un, cependant, tous les paniers rentraient dans la barque ; l'eau ruisselait, bientôt les trente-cinq y furent. Il y avait au moins quinze livres de poisson, ce qui est une pêche superbe pour la baie de Marseille, que plusieurs causes, et surtout l'emploi de filets à mailles trop petites, dépeuplent depuis de longues années.

« Voilà qui est fini, dit Micoulin. Maintenant, nous pouvons retourner. »

Il avait rangé ses paniers à l'arrière, soigneusement. Mais, quand Frédéric le vit préparer la voile, il s'inquiéta de nouveau, il dit qu'il serait plus sage de revenir à la rame, par un vent pareil. Le vieux haussa les épaules. Il savait ce qu'il faisait. Et, avant de hisser la voile, il jeta un dernier regard du côté de la Blancarde. Naïs était encore là, avec sa robe claire.

Alors, la catastrophe fut soudaine, comme un coup de foudre. Plus tard, lorsque Frédéric voulut s'expliquer les choses, il se souvint que, brusquement, un souffle s'était abattu dans la voile, puis que tout avait culbuté. Et il ne se rappelait rien autre, un grand froid seulement, avec une profonde angoisse. Il devait la vie à un miracle : il était tombé sur la voile, dont l'ampleur l'avait soutenu. Des pêcheurs, ayant vu l'accident, accoururent et le recueillirent, ainsi que le père Micoulin, qui nageait déjà vers la côte.

Mme Rostand dormait encore. On lui cacha le danger que son fils venait de courir. Au bas de la terrasse, Frédéric et le père Micoulin, ruisselants d'eau, trouvèrent Naïs qui avait suivi le drame.

« Coquin de sort ! criait le vieux. Nous avions ramassé les paniers, nous allions rentrer… C'est pas de chance. »

Naïs, très pâle, regardait fixement son père.

« Oui, oui, murmura-t-elle, c'est pas de chance… Mais quand on vire contre le vent, on est sûr de son affaire. »

Micoulin s'emporta.

« Fainéante, qu'est-ce que tu fiches ?… Tu vois bien que M. Frédéric grelotte… Allons, aide-le à rentrer. »

Le jeune homme en fut quitte pour passer la journée dans son lit. Il parla d'une migraine à sa mère. Le lendemain, il trouva Naïs très sombre. Elle refusait les rendez-vous ; et, le rencontrant un soir dans le vestibule, elle le prit d'elle-même entre ses bras, elle le baisa avec passion. Jamais elle ne lui confia les soupçons qu'elle avait conçus. Seulement, à partir de ce jour, elle veilla sur lui. Puis, au bout d'une semaine, des doutes lui vinrent. Son père allait et venait comme d'habitude ; même il semblait plus doux, il la battait moins souvent.

Chaque saison, une des parties[1] des Rostand était d'aller manger une bouillabaisse[2] au bord de la mer, du côté de Niolon, dans un creux de rochers. Ensuite, comme il y avait des perdreaux dans les collines, les messieurs tiraient quelques coups de fusil. Cette année-là, Mme Rostand voulut emmener Naïs, qui les servirait ; et elle n'écouta pas les observations du méger, dont une contrariété vive ridait la face de vieux sauvage.

On partit de bonne heure. La matinée était d'une douceur charmante. Unie comme une glace sous le blond soleil, la mer déroulait une nappe bleue ; aux endroits où passaient des courants, elle frisait, le bleu se fonçait d'une pointe de laque violette, tandis qu'aux endroits morts, le bleu pâlissait, prenait une transparence laiteuse ; et l'on eût dit, jusqu'à l'horizon limpide, une immense pièce de satin déployée, aux couleurs changeantes. Sur ce lac endormi, la barque glissait mollement.

L'étroite plage où l'on aborda se trouvait à l'entrée d'une gorge, et l'on s'installa au milieu des pierres, sur une bande de gazon brûlé, qui devait servir de table.

C'était toute une histoire que cette bouillabaisse en plein air. D'abord, Micoulin rentra dans la barque et alla seul retirer ses jambins, qu'il avait placés la veille.

---

1. Excursions, sorties organisées en commun.
2. Soupe provençale composée de poissons divers et de crustacés cuits à l'eau salée avec des aromates.

Quand il revint, Naïs avait arraché des thyms, des lavandes, un tas de buissons secs suffisant pour allumer un grand feu. Le vieux, ce jour-là, devait faire la bouillabaisse, la soupe au poisson classique, dont les pêcheurs du littoral se transmettent la recette de père en fils. C'était une bouillabaisse terrible, fortement poivrée, terriblement parfumée d'ail écrasé. Les Rostand s'amusaient beaucoup de la confection de cette soupe.

« Père Micoulin, dit Mme Rostand qui daignait plaisanter en cette circonstance, allez-vous la réussir aussi bien que l'année dernière ? »

Micoulin semblait très gai. Il nettoya d'abord le poisson dans de l'eau de mer, pendant que Naïs sortait de la barque une grande poêle. Ce fut vite bâclé : le poisson au fond de la poêle, simplement couvert d'eau, avec de l'oignon, de l'huile, de l'ail, une poignée de poivre, une tomate, un demi-verre d'huile ; puis, la poêle sur le feu, un feu formidable, à rôtir un mouton. Les pêcheurs disent que le mérite de la bouillabaisse est dans la cuisson : il faut que la poêle disparaisse au milieu des flammes. Cependant, le méger, très grave, coupait des tranches de pain dans un saladier. Au bout d'une demi-heure, il versa le bouillon sur les tranches et servit le poisson à part.

« Allons ! dit-il. Elle n'est bonne que brûlante. »

Et la bouillabaisse fut mangée, au milieu des plaisanteries habituelles.

« Dites donc, Micoulin, vous avez mis de la poudre dedans ?

— Elle est bonne, mais il faut un gosier en fer. » Lui, dévorait tranquillement, avalant une tranche à chaque bouchée. D'ailleurs, il témoignait, en se tenant un peu à l'écart, combien il était flatté de déjeuner avec les maîtres.

Après le déjeuner, on resta là, en attendant que la grosse chaleur fût passée. Les rochers, éclatants de lumière, éclaboussés de tons roux, étalaient des ombres noires. Des buissons de chênes verts les tachaient de marbrures sombres, tandis que, sur les pentes, des bois de pins montaient, réguliers, pareils à une armée de petits soldats en marche. Un lourd silence tombait avec l'air chaud.

Mme Rostand avait apporté l'éternel travail de broderie qu'on lui voyait toujours aux mains. Naïs, assise près d'elle, paraissait s'intéresser au va-et-vient de l'aiguille. Mais son regard guettait son père. Il faisait la sieste, allongé à quelques pas. Un peu plus loin, Frédéric dormait lui aussi, sous son chapeau de paille rabattu, qui lui protégeait le visage.

Vers quatre heures, ils s'éveillèrent. Micoulin jurait qu'il connaissait une compagnie de perdreaux, au fond de la gorge. Trois jours auparavant, il les avait encore vus. Alors, Frédéric se laissa tenter, tous deux prirent leur fusil.

« Je t'en prie, criait Mme Rostand, sois prudent... Le pied peut glisser, et l'on se blesse soi-même.

— Ah ! ça arrive », dit tranquillement Micoulin.

Ils partirent, ils disparurent derrière les rochers. Naïs se leva brusquement et les suivit à distance, en murmurant :

« Je vais voir. »

Au lieu de rester dans le sentier, au fond de la gorge, elle se jeta vers la gauche, parmi des buissons, pressant le pas, évitant de faire rouler les pierres. Enfin, au coude du chemin, elle aperçut Frédéric. Sans doute, il avait déjà fait lever les perdreaux, car il marchait rapidement, à demi courbé, prêt à épauler son fusil. Elle ne voyait toujours pas son père. Puis, tout d'un coup, elle le découvrit de l'autre côté du ravin, sur la pente où elle se trouvait elle-même : il était accroupi, il semblait attendre. À deux reprises, il leva son arme. Si les perdreaux s'étaient envolés entre lui et Frédéric, les chasseurs, en tirant, pouvaient s'atteindre. Naïs, qui se glissait de buisson en buisson, était venue se placer, anxieuse, derrière le vieux.

Les minutes s'écoulaient. En face, Frédéric avait disparu dans un pli de terrain. Il reparut, il resta un moment immobile. Alors, de nouveau, Micoulin, toujours accroupi, ajusta longuement le jeune homme. Mais, d'un coup de pied, Naïs avait haussé le canon, et la charge partit en l'air, avec une détonation terrible, qui roula dans les échos de la gorge.

Le vieux s'était relevé. En apercevant Naïs, il saisit par le canon son fusil fumant, comme pour l'assommer d'un coup de crosse. La jeune fille se tenait debout, toute blanche, avec des yeux qui jetaient des flammes. Il n'osa pas frapper, il bégaya seulement en patois, tremblant de rage :

« Va, va, je le tuerai. »

Au coup de feu du méger, les perdreaux s'étaient envolés, Frédéric en avait abattu deux. Vers six heures, les Rostand rentrèrent à la Blancarde. Le père Micoulin ramait, de son air de brute têtue et tranquille.

V

Septembre s'acheva. Après un violent orage, l'air avait pris une grande fraîcheur. Les jours devenaient plus courts, et Naïs refusait de rejoindre Frédéric la nuit, en lui donnant pour prétexte qu'elle était trop lasse, qu'ils attraperaient du mal, sous les abondantes rosées qui trempaient la terre. Mais, comme elle venait chaque matin, vers six heures, et que Mme Rostand ne se levait guère que trois heures plus tard, elle montait dans la chambre du jeune homme, elle restait quelques instants, l'oreille aux aguets, écoutant par la porte laissée ouverte.

Ce fut l'époque de leurs amours où Naïs témoigna le plus de tendresse à Frédéric. Elle le prenait par le cou, approchait son visage, le regardait de tout près, avec une passion qui lui emplissait les yeux de larmes. Il semblait toujours qu'elle ne devait pas le revoir. Puis, elle lui mettait vivement une pluie de baisers sur le visage, comme pour protester et jurer qu'elle saurait le défendre.

« Qu'a donc Naïs ? disait souvent Mme Rostand. Elle change tous les jours. »

Elle maigrissait en effet, ses joues devenaient creuses. La flamme de ses regards s'était assombrie. Elle avait de longs silences, dont elle sortait en sursaut, de l'air inquiet d'une fille qui vient de dormir et de rêver.

« Mon enfant, si tu es malade, il faut te soigner », répétait sa maîtresse.

Mais Naïs, alors, souriait.

« Oh ! non, Madame, je me porte bien, je suis heureuse... Jamais je n'ai été si heureuse. »

Un matin, comme elle l'aidait à compter le linge, elle s'enhardit, elle osa la questionner.

« Vous resterez donc tard à la Blancarde, cette année ?

— Jusqu'à la fin d'octobre », répondit Mme Rostand.

Et Naïs demeura debout un instant, les yeux perdus ; puis, elle dit tout haut, sans en avoir conscience :

« Encore vingt jours. »

Un continuel combat l'agitait. Elle aurait voulu garder Frédéric auprès d'elle, et en même temps, à chaque heure, elle était tentée de lui crier : « Va-t'en ! » Pour elle, il était perdu ; jamais cette saison d'amour ne recommencerait, elle se l'était dit dès le premier rendez-vous. Même, un soir de sombre tristesse, elle se demanda si elle ne devait pas laisser tuer Frédéric par son père, pour qu'il n'allât pas avec d'autres ; mais la pensée de le savoir mort, lui si délicat, si blanc, plus demoiselle qu'elle, lui était insupportable ; et sa mauvaise pensée lui fit horreur. Non, elle le sauverait, il n'en saurait jamais rien, il ne l'aimerait bientôt plus ; seulement, elle serait heureuse de penser qu'il vivait.

Souvent, elle lui disait, le matin :

« Ne sors pas, ne va pas en mer, l'air est mauvais. »

D'autres fois, elle lui conseillait de partir.

« Tu dois t'ennuyer, tu ne m'aimeras plus... Va donc passer quelques jours à la ville. »

Lui, s'étonnait de ces changements d'humeur. Il trouvait la paysanne moins belle, depuis que son visage se séchait, et une satiété de ces amours violentes commençait à lui venir. Il regrettait l'eau de Cologne et la poudre de riz des filles d'Aix et de Marseille.

Toujours, bourdonnaient aux oreilles de Naïs les mots du père : « Je le tuerai... Je le tuerai... » La nuit, elle s'éveillait en rêvant qu'on tirait des coups de feu. Elle devenait peureuse, poussait un cri, pour une pierre qui roulait sous ses pieds. À toute heure, quand elle ne le voyait plus, elle s'inquiétait de « M. Frédéric ». Et, ce qui l'épouvantait, c'était qu'elle entendait, du matin au soir, le silence entêté de Micoulin répéter : « Je le tuerai. » Il n'avait plus fait une allusion, pas un mot, pas un geste ; mais, pour elle, les regards du vieux, chacun de ses mouvements, sa personne entière disait qu'il tuerait le jeune maître à la première occasion, quand il ne craindrait pas d'être inquiété par la justice. Après, il s'occuperait de Naïs. En attendant, il la traitait à coups de pied, comme un animal qui a fait une faute.

« Et ton père, il est toujours brutal ? lui demanda un matin Frédéric, qui fumait des cigarettes dans son lit, pendant qu'elle allait et venait, mettant un peu d'ordre.

— Oui, répondit-elle, il devient fou. »

Et elle montra ses jambes noires de meurtrissures. Puis, elle murmura ces mots qu'elle disait souvent d'une voix sourde :

« Ça finira, ça finira. »

Dans les premiers jours d'octobre, elle parut encore plus sombre. Elle avait des absences, remuait les lèvres, comme si elle se fut parlé tout bas. Frédéric l'aperçut plusieurs fois debout sur la falaise, ayant l'air d'examiner les arbres autour d'elle, mesurant d'un regard la profondeur du gouffre. À quelques jours de là, il la surprit avec Toine, le bossu, en train de cueillir des figues, dans un coin de la propriété. Toine venait aider Micoulin, quand il y avait trop de besogne. Il était sous le figuier, et Naïs, montée sur une grosse branche, plaisantait ; elle lui criait d'ouvrir la bouche, elle lui jetait des figues, qui s'écrasaient sur sa figure. Le pauvre être ouvrait la bouche, fermait les yeux avec extase ; et sa large face exprimait une béatitude sans bornes. Certes, Frédéric n'était pas jaloux, mais il ne put s'empêcher de la plaisanter.

« Toine se couperait la main pour nous, dit-elle de sa voix brève. Il ne faut pas le maltraiter, on peut avoir besoin de lui. »

Le bossu continua de venir tous les jours à la Blancarde. Il travaillait sur la falaise, à creuser un étroit canal pour mener les eaux au bout du jardin, dans un potager qu'on tentait d'établir. Parfois, Naïs allait le voir, et ils causaient vivement tous les deux. Il fit tellement traîner cette besogne, que le père Micoulin finit par le traiter de fainéant et par lui allonger des coups de pied dans les jambes, comme à sa fille.

Il y eut deux jours de pluie. Frédéric, qui devait retourner à Aix la semaine suivante, avait décidé qu'avant son départ il irait donner en mer un coup de filet avec Micoulin. Devant la pâleur de Naïs, il s'était mis à rire, en disant que cette fois il ne choisirait pas un jour de mistral. Alors, la jeune fille, puisqu'il partait bientôt, voulut lui accorder encore un rendez-vous, la nuit. Vers une heure, ils se retrouvèrent sur la terrasse. La pluie avait lavé le sol, une odeur forte sortait des verdures rafraîchies. Lorsque cette campagne si desséchée se mouille profondément, elle prend une violence de couleurs et de parfums : les terres rouges saignent, les pins ont des reflets d'émeraude, les rochers laissent éclater des blancheurs de linges fraîchement lessivés. Mais, dans la nuit, les amants ne goûtaient que les senteurs décuplées des thyms et des lavandes.

L'habitude les mena sous les oliviers. Frédéric s'avançait vers celui qui avait abrité leurs amours, tout au bord du gouffre, lorsque Naïs, comme revenant à elle, le saisit par les bras, l'entraîna loin du bord, en disant d'une voix tremblante :

« Non, non, pas là !

— Qu'as-tu donc ? » demanda-t-il.

Elle balbutiait, elle finit par dire qu'après une pluie comme celle de la veille, la falaise n'était pas sûre. Et elle ajouta :

« L'hiver dernier, un éboulement s'est produit ici près. »

Ils s'assirent plus en arrière, sous un autre olivier. Ce fut leur dernière nuit de tendresse. Naïs avait des étreintes inquiètes. Elle pleura tout d'un coup, sans vouloir avouer pourquoi elle était ainsi secouée. Puis, elle tombait dans des silences pleins de froideur. Et, comme Frédéric la plaisantait sur l'ennui qu'elle éprouvait maintenant avec lui, elle le reprenait follement, elle murmurait :

« Non, ne dis pas ça. Je t'aime trop… Mais, vois-tu, je suis malade. Et puis, c'est fini, tu vas partir… Ah ! mon Dieu, c'est fini… »

Il eut beau chercher à la consoler, en lui répétant qu'il reviendrait de temps à autre, et qu'au prochain automne, ils auraient encore deux mois devant eux : elle hochait la tête, elle sentait bien que c'était fini. Leur rendez-vous s'acheva dans un silence embarrassé ; ils regardaient la mer, Marseille qui étincelait, le phare de Planier qui brûlait solitaire et triste ; peu à peu, une mélancolie leur venait de ce vaste horizon. Vers trois heures, lorsqu'il la quitta et qu'il la baisa aux lèvres, il la sentit toute grelottante, glacée entre ses bras.

Frédéric ne put dormir. Il lut jusqu'au jour ; et, enfiévré d'insomnie, il se mit à la fenêtre, dès que l'aube parut. Justement, Micoulin allait partir pour retirer ses jambins. Comme il passait sur la terrasse, il leva la tête.

« Eh bien ! monsieur Frédéric, ce n'est pas ce matin que vous venez avec moi ? demanda-t-il.

— Ah ! non, père Micoulin, répondit le jeune homme, j'ai trop mal dormi… Demain, c'est convenu. »

Le méger s'éloigna d'un pas traînard. Il lui fallait descendre et aller chercher sa barque au pied de la falaise, juste sous l'olivier où il avait surpris sa fille. Quand il eut disparu, Frédéric, en tournant les yeux, fut étonné de voir Toine déjà au travail ; le bossu se trouvait près de l'olivier, une pioche à la main, réparant l'étroit canal que les pluies avaient crevé. L'air était frais, il faisait bon à la fenêtre. Le jeune homme rentra dans sa chambre pour rouler une cigarette. Mais, comme il revenait lentement s'accouder, un bruit épouvantable, un grondement de tonnerre, se fit entendre ; et il se précipita.

C'était un éboulement. Il distingua seulement Toine qui se sauvait en agitant sa bêche, dans un nuage de terre rouge. Au bord du gouffre, le vieil olivier aux branches tordues s'enfonçait, tombait tragiquement à la mer. Un rejaillissement d'écume montait. Cependant, un cri terrible avait traversé l'espace. Et Frédéric aperçut alors Naïs, qui, sur ses bras raidis, emportée par un élan de tout son corps, se penchait au-dessus du parapet de la terrasse, pour voir ce qui se passait au bas de la falaise. Elle restait là, immobile, allongée, les poignets comme scellés dans la pierre. Mais elle eut sans doute la sensation que quelqu'un la regardait, car elle se tourna, elle cria en voyant Frédéric :

« Mon père ! Mon père ! »

Une heure après, on trouva, sous les pierres, le corps de Micoulin mutilé horriblement. Toine, fiévreux, racontait qu'il avait failli être entraîné ; et tout le pays déclarait qu'on n'aurait pas dû faire passer un ruisseau là-haut, à cause des infiltrations. La mère Micoulin pleura beaucoup. Naïs accompagna son père au cimetière, les yeux secs et enflammés, sans trouver une larme.

Le lendemain de la catastrophe, Mme Rostand avait absolument voulu rentrer à Aix. Frédéric fut très satisfait de ce départ, en voyant ses amours dérangées par ce drame horrible ; d'ailleurs, décidément, les paysannes ne valaient pas les filles. Il reprit son existence. Sa mère, touchée de son assiduité près d'elle à la Blancarde, lui accorda une liberté plus grande. Aussi passa-t-il un hiver charmant : il faisait venir des dames de Marseille, qu'il hébergeait dans une chambre louée par lui, au faubourg ; il découchait, rentrait seulement aux heures où sa présence était indispensable, dans le grand hôtel froid de la rue du Collège ; et il espérait bien que son existence coulerait toujours ainsi.

À Pâques, M. Rostand dut aller à la Blancarde. Frédéric inventa un prétexte pour ne pas l'accompagner. Quand l'avoué revint, il dit, au déjeuner :

« Naïs se marie.

— Bah ! » s'écria Frédéric stupéfait.

« Et vous ne devineriez jamais avec qui, continua M. Rostand. Elle m'a donné de si bonnes raisons… »

Naïs épousait Toine, le bossu. Comme cela, rien ne serait changé à la Blancarde. On garderait pour méger Toine, qui prenait soin de la propriété depuis la mort du père Micoulin.

Le jeune homme écoutait avec un sourire gêné. Puis, il trouva lui-même l'arrangement commode pour tout le monde.

« Naïs est bien vieillie, bien enlaidie, reprit M. Rostand. Je ne la reconnaissais pas. C'est étonnant comme ces filles, au bord de la mer, passent vite… Elle était très belle, cette Naïs.

— Oh ! un déjeuner de soleil », dit Frédéric, qui achevait tranquillement sa côtelette.

Les petits livres qui font les grands lecteurs

Dans la même collection

ÉTONNANT*iss!mes*

Tout va pour le mieux ! (Inédit)
Alain Monnier

Débordant de certitudes et de diplômes, Benjamin sort d'une grande école de commerce avec tout pour réussir sa vie. Sauf que les lois du marketing ne servent à rien quand il s'agit de séduire Astrid, la fille la plus convoitée du campus. Tout se complique encore pour lui quand, du jour au lendemain, ses parents lui coupent les vivres ! Mais, comme dit le coach de Benjamin, « À toute chose malheur est bon ! » : c'est l'occasion pour le jeune homme de se projeter enfin dans le monde du travail, une belle école de vie…

Avec *Tout va pour le mieux !*, Alain Monnier transpose les aventures du Candide de Voltaire à notre époque dans un récit d'apprentissage désopilant.

ÉTONNANTISS!MES

Comment on se marie
Zola

Lorsqu'il épouse la noble Henriette, de treize ans sa cadette, le comte Maxime de La Roche-Mablon n'a vu la jeune fille que cinq fois et ne sait quasiment rien d'elle. Peu importe, au fond : elle est bien née et sa fortune est considérable !

En observateur avisé, Zola croque avec humour la manière dont hommes et femmes s'unissent à son époque : de l'aristocratie au petit peuple, en passant par la haute bourgeoisie et les boutiquiers, comment, et surtout pourquoi, se marie-t-on sous le Second Empire ? Si le mariage est « une affaire grave » et « qu'il ne faut pas conclure à la légère », rien n'empêche d'en rire avec Zola.

ÉTONNANTISS!MES

Mémoire pour un avocat

Mirbeau

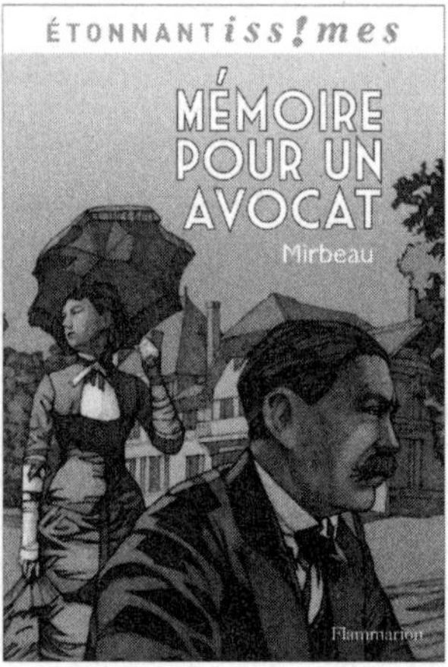

Une belle villa au bord de la mer… Les retrouvailles entre Clotilde et son amant promettent d'être délicieuses ! Pourtant, au fil des jours, la jeune femme se révèle de moins en moins tendre avec son compagnon. Et les héroïnes de ce recueil sont toutes à son image. Jeanne est une jolie blonde qui, ses noces à peine terminées, se renferme mystérieusement en elle-même, au grand dam de son époux. Quant à Laure, elle sombre doucement dans la folie, s'obstinant à vouloir traverser un pont qui n'existe pas !

Le volume invite à redécouvrir l'œuvre d'un écrivain souvent méconnu et pourtant salué par les plus grands, de Tolstoï à Apollinaire, en passant par Zola.

ÉTONNANTiss!mes

Imprimé à Barcelone par:
BLACK PRINT

Mise en page par Meta-systems
59100 Roubaix

N° d'édition : L.01EHRN000316.A004
Dépôt légal : août 2012